池の中のお金は
拾わないで下さい

じゆうがたび

宇賀 なつみ

旅のはじまりに

大事なことに気がつくのは、いつも旅の途中でした。日々忙しく過ごしていると、つい忘れてしまう必要な「余白」が、旅にはある。だからこそ、立場や役割を捨てて、自分の心の声に耳を傾けることができるのだと思います。

両親が旅好きだったこともあり、物心ついた頃から、毎週末のようにどこかへ出かけていました。日帰りであることも多かったし、決して贅沢な旅ではなかったけれど、知らない場所へ行って知らない人に会い、知らなかったことを知っていくことが、どんなに楽しくて面白いことなのか気づくようになりました。これは、今の仕事にも繋がっていると思います。

この本では、私がこれまでどんな旅路を歩いてきたのかを綴っています。

職業柄、自分自身について語ることは多くなかったので、こんな本を書いてしまったことが少し恥ずかしいし、正直怖いです。でも、こんな機会はもうないかもしれないので、思い切って書いてみました。

番組の視聴率や動画の再生回数など、多くの人に届けたいとつい数字ばかり意識してしまう日々を送っていますが、この本については、たったひとりの人に届けばいいと思っています。私が小学生だった頃に1冊の本に救われたように、どこかにいる誰かの心にずっと残るようなものになることがあったら、この上なく幸せです。

はじめましての人もいるかもしれません。もしかしたら、もうずいぶん前から見守ってくださっている人もいるかもしれませんね。ここでこうして出会えたご縁に感謝します。どうか最後まで、一緒に旅をしていただけたら嬉しいです。

それでは、出発しましょう。

contents

1章

出発　departure

人生は美しい！

2008年　11月　シドニー

Sydney,Australia

「Who《フー》 are《アー》 you《ユー》?」

ビールの入ったジョッキを片手に握った、髭をたくわえてどっしりとした体形の男性から、英語を投げかけられる。小学生でも理解できるであろうこんな簡単な英文が、実際に使われることがあるのだと感動した。すると、ボードゲームをしながらお金を賭けているグループ、大声を出しながらテレビの競馬中継を見ているグループの数人も、チラッとこちらに視線をよこした。

「大学生のうちに、もう一度ひとりで海外に行きたい！」

そんな気持ちを抑えられず、大学4年生の11月に訪れたオーストラリアのシドニー。その前年にひとりで行ったカリフォルニアも暖かい場所だった。その旅が忘れられず、今回も寒くなりはじめた日本を離れて、夏を迎える南半球へ行くことにした。しかし、お金がない。そこで、まずはベトナムまで6時間かけて行き、トランジットで6時間待機。そこからまた8時間かけてオーストラリアへ向かう格安航空券を選んだ。確か往復4万円弱。時間はたっぷりあったので、迷うことはなかった。

宿泊先は、1泊2000円の安宿。当時の貧乏学生海外旅行といえば相部屋のドミトリーが基本だったけど、この旅はひとりで過ごすことが目的。日本語は封印しようと決めていたので、日本人には会わないように、なんとかしてひとりで泊まれる安宿を見つけた。

この宿に決めた理由は、もうひとつあった。それは、1階にバーがあること。女ひとりの海外旅行で、夜中に出歩くのはさすがに危険。だけど、やっぱりお酒は欠かせない。それなら、宿の下に飲み屋があればいいと思った。

昼間は街中を歩き回って観光をして、夜は地元のおじさまたちで賑わうバーへ。特に何をするわけでもなくビールを飲んで、ぼんやりする。賭け事が普通に行われているような、柄がいいとは言えないバーだったから、日本人の女がひとりで通うことが異様だったのだろう。3日目の夜、ついに正体を問われた。

「I'm《アイム》 a《ア》 student《スチューデント》! I《アイ》 have《ハブ》 no《ノー》 money《マネー》!」

正直にこう答えると、彼はワッハッハと大きな声で笑って、ビールを1杯奢ってくれた。

週末になると、このバーではライブが行われる。大きなジョッキに入ったビールを少しずつ飲みながら、音楽に身をゆだねて過ごすという、なんとも贅沢な時間だった。気分次第でお湯が出なくなる宿のシャワーも、貧乏旅行ならではで気に入っていた。

あと4ヶ月も経てば、アナウンサーになる。そうしたら、こんなに自由に過ごすこともできなくなるかもしれない。

当時の私は、本当に普通の大学生で、テレビ業界に知り合いがいたわけでもなく、当然テレビに出たこともなかった。アナウンサーになれることが嬉しくて誇らしい一方で、3月31日をもって、それまでの人生が終わってしまうような恐怖も感じていた。


シドニーに来て、4日目。フェリーに乗って島へ行くことにした。

白くきらめく砂浜、エメラルドグリーンの水面、海へと溶けてしまいそうな青空が広がっている。そのまま海に飛び込みたいくらいだったけれど、さすがに荷物を置いて行ったらまずいと思い、スニーカーを砂まみれにしながらウロウロ歩き回った。すると、崖の上まで登れる遊歩道があるのを見つけた。

30分ほど歩いただろうか。海が見える高台に辿り着くと、午後の太陽の光を浴びた海がまばゆいばかりに輝き、遠くに高層ビルが立ち並ぶシティが見えた。強い風が吹きつける中、崖の上にひとり佇《たたず》んでいると、それまで感じていた不安が少しずつ剝がれて、飛んでいくような感覚になった。

たったひとりで、こんなに遠くまで来られたんだ。

誰にも相談せず、全て自分で決めて、ここまで来た。旅立つ直前、少し不安になったけど、エイッと飛び出してしまえば、あとは勝手に進んでいく。そして、必ず素敵な景色に出会える。もしアナウンサーに向いていなくて悩んだら、またこうしてひとりで旅に出ればいい。仕事がどうなろうと、世界が終わるわけではない。どこにいたって、私は生きていける。

そんな思いがふつふつと湧き上がってきた。ふと気がつくと、いつの間にか、目から涙が溢れていた。その時、ひとりのおじさんが慌てて駆け寄ってきた。

「Are《アー》 you《ユー》 OK?《オーケー》」

早口の英語で話しかけてくるので、ほとんど聞き取れない。何が起こっているのかわからず、「OK,OK《オーケーオーケー》」と繰り返すことしかできなかった。すると、彼は私の両手を握りこう言った。

「Life《ライフ》 is《イズ》 beautiful《ビューティフル》!!!」

そう、「人生は、美しい」である。

その時はわからなかったけれど、あとで聞いてみると、おじさんは、私が飛び降りるのではないかと心配していたらしい。外国人の女がひとり、崖の上で泣いていたら、確かにそう思われてもおかしくはない。その後、ふたりでビーチまで歩いて戻った。何を話したのかは忘れてしまったけど、あの「Life is beautiful」は、一生忘れられない。

この時から、私の一番好きな言葉は「Life is beautiful」。そして、一番好きな映画も『LIFE IS BEAUTIFUL』になった。大戦下のイタリア。ナチスに連行され、強制収容所での悲惨な日々の中、幼い息子のために陽気に振る舞い、優しい嘘をつく主人公。どこにいたって、何をしていたって、人生は美しい。全ては自分の心が決める。つまり、自分次第でどうにでもなる。そう思えば、怖いことは何もない。誰だって、映画のヒロインやヒーローになれるのだ。

学生生活最後のひとり旅は、アナウンサーとしての覚悟が決まった旅になった。

嵐の中の初鳴き

2009年 4月 六本木

22時45分。強い雨と雷。桜の枝が、強い風でゆさゆさと揺さぶられている。私が初めてアナウンサーとして人前に立ったその日は、暴風雨だった。

傘が飛ばされないよう、必死で握りしめていると、イヤホンから古舘伊知郎さんの声が聞こえる。

「今日からお天気を担当するのは、新人中の新人。なんと今日入社したばかりのアナウンサーです。さぁ呼んでみましょう。宇賀さん！」

その年の1月、内定先のテレビ朝日から呼び出され、4月1日から『報道ステーション』に出演してもらうことになったと告げられた。当時天気コーナーを担当していた市川寛子さんがサブキャスターになるため、翌年度入社の私に白羽の矢が立ったのだ。

通常、アナウンサーは半年間の研修を受けてからデビューする。ゆくゆくは情報番組やバラエティ番組などで経験を積んで、最終的には報道番組で活躍できるような、オールラウンダーのアナウンサーになれたらと思い描いていたけれど、まだ入社すらしていない私が、いきなり『報道ステーション』だなんて、信じられなかった。

そんな大役が果たせるのか？　そもそもどうして抜擢してもらえたのか？　嬉しい気持ちと不安な気持ちが同時に押し寄せてきたけれど、選んでいただいたからには全力でやるしかない。元気よく「頑張ります！」と返事をした。

それから1ヶ月後には、まだ大学生の身でありながら、毎日15時から夜中0時まで、研修というかたちで現場に通った。実際に番組を作るスタッフのお手伝いをしたり、本番で使用した原稿をもらって練習をしたりして、デビューに向けて猛特訓を重ねた。卒業旅行は全てキャンセル。唯一卒業式の日はお休みをもらったけれど、楽しすぎた学生生活を懐かしく振り返ったりする余裕はなかった。

4月1日はあっという間にやってきた。午前11時の入社式に出たあと、『報道ステーション』の現場へ。朝から緊張で食欲もなく、ただその時が来るのを待っていることしかできなかった。

暗くなると、テレビ朝日のすぐ横にある毛利庭園がライトアップされる。暗闇に浮かび上がる満開の桜の木の下が、初めての中継場所になった。昼から降っていた雨は夜になってさらに強まり、外に出ると、色ペンでたくさん書き込みをしていた原稿は、すぐにぐしゃぐしゃになってしまった。

こんな日にデビューだなんて、ツイてない……。アナウンサーが、初めて自分の声を放送に乗せることを「初鳴き」というけれど、まさに泣きたい気分だった。きっとテレビの前では、家族が放送を不安げに待っている。そして社内では、まだ挨拶もしたことがない先輩たちが「新人、どんなもん?」と思っているだろう。そう考えると余計に緊張が増してくる。

心を落ち着かせるために桜を見上げようと傘の柄《え》を持ち上げると、ふと、ずぶ濡れになっているスタッフたちの姿が目に入った。目の前にいるカメラさんとディレクターさんは、傘もささずにずぶ濡れ。照明さんも、強風で機材が倒れないよう、一生懸命踏ん張っている。皆、必死に仕事をしていた。その瞬間、自分のことしか考えていなかったことに気がつき、急に恥ずかしくなった。

そうだ、これはもう仕事なんだ。今日は、目の前のこの3人のためにやり遂げよう！

そう決意すると、冷静になれた。スタジオからの呼びかけ1分前だった。

「はい！　本日入社しました、新人アナウンサーの宇賀なつみです。よろしくお願いいたします」

そこからは、ただただ必死で原稿を読んだ。天気予報をきちんと伝えるレベルには達していなかったと思う。

前日まで普通の大学生だった私が、粗削りながらアナウンサーとしてスタートを切った日。ひとりでは何もできない私を、周りの大人たちがアナウンサーにしてくれた、社会人1日目だった。

「ヒロイン思考」で生きる

――1990年代　大泉

「アナウンサーになるために生まれてきたような人ですね！」と、言われたことがある。アナウンサーに向いている人とは、どんな人なのだろうか？　明るくて社交的な人？　物怖《ものお》じしない人？　学びの精神を持ち続けられる人？

もしそんなイメージを持って言ってくれたのだとしたら、素直に嬉しい。自分でも、私は明るくて度胸がある方だと思う。でも、この性格は自分で作ってきたものだと言い切れる。

小学生の頃、私は自分のことが大嫌いだった。斜に構えるようなところがある子供で、家では素直に両親に甘えることもできず、学校でもすぐに人を妬《ねた》むようなところがあった。おまけに高学年になると、片頭痛に悩まされるようになった。精密検査をしても特に異常はなかったものの、日常は少しずつ色褪せていった。

また、小学校高学年から中学生にかけては、学校で物がなくなることも多かった。上履きが見当たらず探してみたら、側溝に泥だらけになって落ちていたり、机の中に入れておいたはずの教科書が見つからなかったことも。水泳の授業中に下着がなくなって、仕方なくジャージを重ねばきし、母に迎えに来てもらって早退したこともあった。特定の誰かからいじめられていたわけではなく、仲の良い友達もいた。だからこそ、誰がそんなことをしたのかわからず、苦しかった。他の生徒には起こらず、私だけが被害に遭う。つまり、どうしても私のことが気に入らない誰かがいるのだろう。そのうちに、自分自身もこんな気持ちに支配されるようになった。

自分の性格が悪いから、毎日がこんなに退屈で、頭が痛いんだ。

そんな私が、心の支えにしている本があった。

心療内科医・海原《うみはら》純子さんの著書『ポジティブ思考が女を変える』。11歳の時、近所にある図書館の寄贈コーナーに置かれたその本のタイトルに惹かれて、家に持ち帰った。この本は女性の社会進出が進んできた頃、働く女性に向けて書かれたもので、「なぜもっと自分を愛せないの？」「人から嫌われると、恐れていませんか？」などの項目ごとに、心療内科医として海原先生が実際に接した患者さんとのやりとりが書かれている。

冒頭には、海原さんご自身も、落ち込むことがあると記した一節がある。

「自分を嫌い」から「自分を好き」にするためには、「嫌いな自分」から逃げないことです。

「嫌いな自分」を見つめ、「自分もなかなかやるもんじゃない」というようにポジティブ（自己肯定的）に変換していきましょう。

目から鱗が落ちるような気分だった。なるべく「嫌いな自分」は見たくないと思っていたけれど、もし嫌いな自分を認められるようになったら、ものすごく強くなれる気がした。どんどん読み進め、あっという間に最後のページまで辿り着いた。カバー裏の著者近影を見ると、モノクロ写真ではあるものの、明るい色と推察されるジャケットに、大ぶりのイヤリング、豊かな黒髪を束ねた美しい海原さんの姿があった。プロフィールには「ジャズ歌手でもある」と書いてある。

なんて素敵な人がいるんだろう。いつか会ってみたいな。

この本と出会った私は、「自分を嫌いなままで終わらせてはいけない、ポジティブないい女にならないと！」と決心した。そうして、自分なりに考えて編み出した自分改革の方法が、「ヒロイン思考で生きる」ことだった。

「ヒロイン思考」とは、お姫様のように自分主体でわがままに生きることではなく、愛され続けるヒロインの行動、思考パターンを徹底的に研究して、自分の行動に当てはめて実践していくということ。

当時、11歳の私は少女漫画をよく読んでいたので、その中から「こんなに魅力的な女の子だから、周りの人に愛されているんだ。私もこの子のように、ドラマチックな毎日を送りたい！」と思えるヒロインを選んだ。「『天使なんかじゃない』の翠《みどり》ちゃんだったら、こうは言わないはず」「『姫ちゃんのリボン』の姫ちゃんだったら、きっとこうするに違いない」自分をヒロインに当てはめて行動するようになった。もちろん誰にも言わずに、こっそりと。そうして日々、ヒロインの思考に基づいた行動を意識していたら、中学を卒業する頃には、自分のことがそんなに嫌いではなくなり、頭痛に悩まされることもなくなり、胸が苦しくなるような出来事も減っていった。

世界を変えることはできないけれど、自分自身はいつだって変えられるんだ。そして、自分が変わると、目の前の世界が変わっていくんだ。

働く女性に向けて書かれた本が、ここまで小学生の心を動かしたと知って、海原先生も驚いていらっしゃった。2020年、テレビ朝日を退社した翌年、TOKYO FMの番組『TOKYO SPEAKEASY』で、対談相手として出演をお願いし、私は先生に初めてお会いすることができた。その後、マガジンハウス『BRUTUS』の「人間関係」という名物企画にも一緒に出ていただいた。実際にお会いした先生は、品があって美しく、私が憧れていた姿のままだった。

「最年少読者ね！　もう妹分！」海原先生はこのように言ってくださり、今でも続けている歌手活動のライブにご招待いただいたりしている。

そういえば、あの頃憧れた少女漫画のヒロインたちもそうだった。信じ続けていれば、想像もできないようなご褒美が待っていることがある。

私は1冊の本と出会えたおかげで、自分の人生のヒロインになることができたのだった。

自由ときどき体育会系

2002年　4月　大泉

ヒロイン思考を続けていくと、嫌いな自分が少しずつ外へ出ていって、好きな自分が少しずつ内側で増殖していった。自分自身を最大限、自分の味方に変えていくことで、他人のことはあまり気にならなくなり、心を痛めるような出来事も減っていった。すると今度は、「なんでも自分で決めたい」「何にも縛られたくない」という気持ちが強くなった。中学校までの狭い世界はもう耐えられない。高校生になったら、もっと広い世界を見たいと切望するようになった。

高校進学の際、学校選びで重視したのは「自由であること」。高校生になったら髪を染めたいし、アルバイトもしてみたい。スカートの丈や靴下の色まで決められて、窮屈な思いをするのはもう絶対に嫌だった。そうして入学したのが、東京都立大泉高等学校。現在は中高一貫校になり色々と変わってしまったけど、当時は校則も制服もなく、生徒ひとりひとりの自主自律を重んじる学校だった。

入学式早々、いい意味で予想を裏切られた。校長先生が、こんな祝辞を述べられたのだ。「この学校の生徒は、髪の毛の色は、茶色でも金色でもピンクでもいい。その代わり、自分自身で考えて行動し、己を律することができる人間になってほしい」

今でもこの言葉が忘れられない。校章は、逆さの桜。「型にはまるなかれ」というメッセージらしい。まさに物語のヒロインが通う学校だと思った。

円形校舎と名付けられた学校の中央にある丸い校舎には、昼休みになると生徒たちが集まり、ギターを弾いて歌ったりキャッチボールをしたり、のびのびと過ごしていた。先生たちも、校則がないので生徒を叱る必要がなく、いつも穏やかで楽しそうだった。他校から赴任してきた先生が「やっと来られた。ここは楽園だよ」と言うのを聞いて、嬉しかったことを覚えている。

誰もが自由を謳歌していた。

これでもっとなりたい自分になれる。

ずっと退屈だった日常に光が差した、高校生活の始まりだった。


自由な校風を享受しないなんて、もったいない。

入学前の春休みに早速、茶髪にカラーリングした私は、どんな部活に入るか悩んでいた。「ヒロイン思考」のお手本にしている主人公たちは、高校生になるとだいたい部活か恋愛に打ち込んでいる。できればどちらも充実させたい。中学時代は吹奏楽部に入っていたけれど、もうちょっと華やかなテニス部かダンス部がいいかな……。

そんなことを考えながら廊下を歩いていると、突然、派手な格好の集団に囲まれた。

「ねえねえ、応援団に入らない?」たくさんの写真が貼られたアルバムを手渡される。ミニスカートにボンボンを持ち、足を上げてチアリーディングしているその様子は、まるで『タッチ』の世界。私は南ちゃんのようにマネージャーができるタイプではないけれど、そうか。これがあったのか! キラキラ輝く世界に憧れて、応援団に足を踏み入れた。

これでヒロインのような毎日が送れる。ウキウキした気分で初練習に参加した数分後には、すでに後悔をしていた。誰かが出入りするたびに野太い声で挨拶をし、腕を後ろに回して拳を固定したまま、前を睨んで微動だにしてはいけない「自然本体」という基本姿勢で並んでいる先輩たちを見て、尻込みしてしまった。よくよく話を聞いてみると、実際にチアリーダーとして踊るのは年に1度、野球部の夏の大会の時だけ。メインは体育祭で行う演舞で、胸にさらしを巻いて法被《はっぴ》を羽織り「フレーフレー」と大声で応援する活動とわかって、一気に逃げ出したくなった。

せっかく自由な学校に入ったのに、超体育会系の部活に入ってしまうなんて……。「フレーフレー」とお腹の底から声を出さなくてはならないし、掛け声とともに動かす腕や手の角度まで決まっている。先輩後輩の縦の関係もしっかりしていて、練習中は勝手に動いてはいけないなど、ものすごく厳しかった。しかも、練習が終わるのは21時。『タッチ』とはかけ離れた世界だったけれど、先輩が怖くてやめたいとも言い出せず、とりあえず体育祭が終わるまでと、しばらく我慢することにした。

初めての体育祭が終わり、そこから野球部の夏の大会。憧れだったチアとは少し違って、野太い声で応援をしなければいけなかったけれど、ヒットが出た時のスタンドの盛り上がりや、勝利した後に「校友の歌」を歌う時の晴々しい気持ちはこの上ないものだった。それが終わると、秋の文化祭。冬はオフになるので、アルバイトをしたり、ダンスを始めてみたり、好きなように時間を使うことができた。

気づけば、最初にやめたいなんて思っていたのが嘘のように、楽しくて仕方ない日々を送っていた。練習中は厳しい先輩も、練習後はとても優しく、休みの日にはよく遊びに連れていってくれた。苦楽を共にした一生の仲間もできた。なにより、炎天下で頑張る人たちに力の限りエールを送るのは、大きな達成感とやりがいがあった。スポーツはまるでわからなかったけど、最後まで諦めず頑張っている人の姿は、時に涙が出るほど美しいということも、この時に知った。思い描いていた高校生活よりずっと汗臭くなってしまったけれど、応援団での日々こそが青春だったと思う。

体力も精神力も、この時に身につけた。練習で喉を痛めて少し低くなった声も、のちに受けるテレビ朝日の採用試験で、「アルトの声は、ニュースを読むのにちょうどいい」と言ってもらえた。

全ての選択が、未来につながっていく。どんな学校に通うのか、どんな部活に入るのかはもちろん、朝ご飯に何を食べるのか、どんな服を着て登校するのか、そのひとつひとつの選択が私という人間をつくり、人生になっていくのだということを知った3年間だった。自由であることは時に不自由でもあるけれど、どうしてその選択をしたのかについて真剣に考え続けることで、自分を知り、また次に最適な選択ができるようになっていく。今振り返ると、大人になるための準備をした高校生活だった。

答えのないものが好き

2004年　5月　大泉

それにしても、自由を謳歌しすぎてしまった。自主自律の精神を鍛える一方、興味のないことはとことんやらなくなってしまい、数学や化学などのテストでは赤点ざんまい。HRもなく、自分が履修している授業だけ出ればよかったので、1コマ空いていたりすれば、外にお昼ご飯を食べに行って、そのままなんとなく早退なんていうこともするようになってしまい、良い子の皆さんには決して真似しないでほしい高校生活を送っていた。

それでも自分で責任をとるのが自主自律。3年生になり、進路について真剣に考える時期になって後悔しても遅かった。大学へ進学したいとは思っていたけれど、もちろん推薦は無理で、理数系からは早々に離脱していたので、私立文系の一般入試で勝負するしかない。でも、行きたい大学がどこなのか、学びたいことが何なのか、わからないでいた。

高校時代、唯一好きだった授業が、倫理だった。思想家の世界観や人生観をもとに、自分の在り方や生き方を考えていくという授業は、それまで学校で習ってきたどんな勉強とも異なり、正解が決まっていなくて、答えを考えること自体に意味があるものだった。この授業を通して、私は初めて哲学者や思想家の言葉に触れ、テストで良い点数を取るためではなく、自分の人生を豊かにするための勉強というものを知った。

どうやら私は、答えが決まっている問題を解くより、答えが決まっていない問題について考え続けることが好きらしい。3年生の5月、応援団を引退した頃にようやく気がついて、倫理の藤先生に話をしに行くと「社会学部がいいんじゃない」と教えてくれた。

当時の私は雑誌の編集者に憧れていた。ファッション誌やカルチャー誌が好きでよく読んでいたし、駅やコンビニの前などに置かれているフリーペーパーを集めて家で切り貼りし、自分なりに編集し直して遊んでいた。ぼんやりとマスコミ系に興味があると伝えたこともあって、社会学部を勧められたのだった。

明確な目標ができると、勉強も捗《はかど》る。そこから年が明けるまで、毎日10時間以上勉強をする日々が続いた。大好きな夏に、ORANGE RANGEやケツメイシの曲が海へ誘ってきても、イルミネーションが輝く冬に、肩を寄せ合い歩くカップルとすれ違っても、「来年こそは私がヒロインだ！」と心に誓い、机に向かい続けた。

ようやく迎えたセンター試験当日。ものすごく寒い朝で、チラチラと雪が舞っていた。

「ここまで毎日勉強してきたことを、全て出しきらなければ！」

そう考えると急に緊張してきて、家を出る時に気分が悪くなり、朝食べたものを全て吐いてしまった。正直驚いた。自分がこんなに弱い人間だったとは、知らなかったから。

「試験中に気分が悪くなったらどうしよう……」

不安になっていると、急にもうひとりの自分の声がする。

「大丈夫、これもいつか笑って話せるネタになる」

これまで、時間をかけて鍛錬してきたつもりだったけど、まだまだ私の中には、弱い自分と強い自分が両方存在していた。

長い冬を越えて、東京に生暖かい風が吹いた2月の終わり。立教大学社会学部に合格したことがわかったその日に、重たいコートと参考書を全て捨てた。春からは大学生。もっと自由で大きな海に、漕ぎ出そうとしていた。

やり残したことは、何もない！

2005年　4月　池袋

桜咲く4月。立教大学池袋キャンパスは、スーツ姿の新入生と、その何倍もの数の先輩たちで溢れかえっていた。まるでお祭り騒ぎのように、部活動やサークルの勧誘が行われている。高校時代とは比べ物にならない派手さに呆気にとられた。とにかく次々に声をかけられるので、真っ直ぐ歩くことも難しい。

目標だった社会学部に入学したのに、私はこの時すでに、大学では絶対勉強をしないと決めていた。入試のために1年間必死に勉強してみて初めて、勉強が好きではないことに気がついた。毎日机に向かうために、あらゆることを我慢しなければいけないのがとてつもない苦痛だった上に、答えが決まっていない問題について考え続けることが好きだから社会学部を目指したのに、その社会学部に入るための試験の問題はほぼ全て答えが決まっているという矛盾に嫌気がさした。

勉強をしないとなると、キャンパスライフを充実させるしかない。これまでずっと我慢してきたのだから、4年間の大学生活は1日も無駄にしたくなかった。まずはサークルに入って、友達をたくさんつくって、恋愛もして、できるだけたくさんアルバイトも経験しておきたい！

そんなことを考えながら歩いていると、ひとりの女性に声をかけられた。

「新入生？　読モとか興味ない？」

なんと、雑誌の読者モデルに誘われたのだ。読モなんて、選ばれた一握りの人しかできないものだと思っていたので、自分が声をかけてもらえるなんて驚いた。一度立ち止まって話を聞き始めると、当時の大学生なら誰もが知っているような有名な雑誌の話で興奮した。嬉しさも恥ずかしさもあったけれど、そもそも雑誌の仕事がしたいと思っていたので、これはものすごいチャンスなのではないかと思った。

「大学って、高校とは比べ物にならないくらい、広い世界なんだ」

いただいた名刺を並べながら、これから始まる大学生活に胸を躍らせた。

その後、何度か撮影に呼んでもらった。最初は、生まれて初めて見るファッション雑誌の現場にワクワクしていたけれど、すぐに自信を喪失した。周りの読モたちはヘアメイクもファッションもバッチリ決まっていて、母親と共有している高級ブランドバッグを持ちながら、カメラの前で次々とポーズを決めている。対して私は、そんなにお金がなかったし、母親は保育士でブランド物を持ったりするタイプではなかったから、安物の服やバッグしか用意できず、引け目を感じてしまった。

「もうスタジオに来てしまったのだから、ウジウジしていても仕方ない。素直になろう！」

正直に自信がないことを打ち明けると、怖そうに見えた先輩の読モさんやスタッフさんが、服やバッグを貸してくれた。優しい人ばかりだった。

「最初はみんな戸惑うけど、この時期を乗り越えて、どんどん磨かれていくんだよ！」

説得してくれた人もいたけれど、私はこの仕事を数回で辞めた。もっと他にふさわしい人がいるはずなのに、心の底から楽しめない自分は、辞めるべきだと思った。でも、この数回が貴重な体験になった。一度、出版社にお邪魔する機会があり、編集者やライターの皆さんが、写真を選んだり、見出しを考えたりしている現場を実際に見ることができた時、「私はあっち側に行きたい！」と直感的に思った。カメラを向けられて綺麗に写真を撮ってもらうことよりも、何をどう伝えるか考えて誌面を作り上げていくことの方が面白そうだと思ったのだ。

たった数回でこんなに貴重な体験ができたのだから、この4年間はやってみたいことをやりつくして、もっと自分を知ろう！

そこからは、机に向かい続けた1年間を取り戻すために、貪欲にスケジュールを埋め続けた。

最初に入ったテニスサークルでは、週に2回テニスの練習をして、帰りに皆でご飯を食べに行ったり、誰かの家に集まったり、思い立ってそのまま旅に出たり、絵に描いたような青春を謳歌した。次の約束なんて、あるようでない毎日。家族にも学校にも管理されることなく、本当の自由を手に入れた喜びに浸っていた。初めて夜中に首都高に乗ってあてもなくドライブした日のことは忘れられない。キラキラ輝く東京の夜景が窓の外を流れていくのを見て、大人になったのを実感した。

今考えてみると大して歳も変わらないのに、先輩たちがものすごく可愛がってくれて、遊び方から単位の取り方まで、全てを教えてくれた。ずっと長女気質で人に甘えることが苦手だったのに、気がついたら、安心して甘えられる、大好きなお兄さんお姉さんがたくさんできていた。

2年生になる頃には、同級生15人ほどで集まって、新しいサークルをつくることにした。自分たちが楽しいことが大前提で、社会に出ていくための心構えもできるような活動をするサークル。W杯を皆で観戦するイベントや、大学生だけの運動会など、色々な企画をして人を集める。スーツを着て営業に行って、誰もが知る大企業が協賛をしてくれたこともあった。夏には離島へ行って海で泳いだり、冬には雪山へ行って朝から晩までスノボをしたり、遊びも手を抜かずに真剣に取り組んだ。先輩がいないので、全てが自分たち次第。皆で話し合い手探りでつくり上げていったサークルだったけれど、3年生の夏に引退する頃には、後輩が60人ほどできていた。

アルバイトもたくさん経験した。比較的時給の高いテレフォンオペレーターをベースに、ふぐ料理店、喫茶店、アパレルショップなど。業界ごとにルールが違って学ぶことがたくさんあったし、小さな子供から外国人、ファミリー層から接待や同伴のような大人のお客様まで、幅広い接客を体験できたことで、今まで知らなかった世界を知ることができて面白かった。登録制の日雇いバイトで、藤沢や浦和のショッピングモールまで行って、化粧品や蚊取り線香を売ったこともあった。また、当時はまだ珍しかったインターンにも短期で参加し、小さな広告代理店で名刺を作ってもらい、実際に企画をしたり、営業先に同行させてもらったりもした。

振り返れば、やり残したことは何もないと言い切れる大学生活だった。やりたいと思ったことは全てやったし、ゼロから何かを生み出す楽しさも知った。机に向かう勉強だけが勉強ではないということも、堂々と言い切れるようになった。

歳を重ねるごとにどんどん選択肢が増えて、自由になっていくのだから、もしかしたら、大人になることはとても楽しいことなんじゃないか？　そんなことに気づき始めていた。

アナウンサーになりたい？

2007年　9月　汐留

バラエティやドラマの出演者が大きく写し出されたポスターが後方に飾られ、中央に置かれたテレビからは、放送中の番組が流れている。スーツでビシッと決めている人がいれば、Tシャツにビーサンの人もいたり、いろんな人が入り交じる日本テレビのロビーは、いかにもテレビ局という感じで、胸が高鳴った。

大学3年生の夏休みも終わり、久しぶりにキャンパスに登校した日に、リクルートに内定した先輩とたまたますれ違った。

「お前らもそろそろ就活始まるから、リクナビ登録しろよ！」

夏休みは、海にプールにバーベキュー。旅行もしたいからバイトもしなければと予定をぎゅうぎゅうに詰め込んでいた私は、「ああ、もうそんな時期なのか」と、初めて就職活動を意識した。確かに意識の高い友達は、すでにセミナーなどに出席している時期だった。

その頃の私は、「出版社はやっぱり気になるし、広告代理店も面白そうだし、お酒が好きだからビール会社もいいな。大企業だけじゃなくて、ベンチャーも楽しそう」と、興味のある会社がどんどん増えていた。だからこそ、どれかには引っかかるだろうと軽く構えていた。よく言えば、視野が広くて前向き。悪く言えば、まだ何も考えていなかったのだと思う。

家に帰り、早速先輩に言われた通り、リクナビのサイトを開いてみると「アナウンサー1日体験セミナー」という項目がトップにあがっていた。この「アナウンサー」の文字を見て、ふと、ある記憶が蘇ってきた。

思い返せば、小学生の頃の私の夢はアナウンサーだった。毎朝見ていた情報番組に出演していたアナウンサーが、今日はパン屋さんに突撃取材をしたかと思えば、翌日は農家で野菜を収穫し、その次のコーナーでは俳優さんにインタビューをしているのを見て、いろんな場所に行けていろんな人に会えて、なんて楽しそうな仕事なんだろうと感じていた。学校では放送委員に立候補し、学芸会でもナレーターを務めたのは、きっとアナウンサーに憧れたからだろう。「将来の夢」がテーマの卒業文集にも、アナウンサーか新聞記者になりたいと書いていた。

一瞬、そんな昔の記憶が掘り起こされたけれど、私なんかが受かるわけがない。アナウンサーになる人は、ミスコンに出ていたり、アナウンススクールに通っていたり、早くから準備を始めている。今さら挑戦しようと思っても遅いだろう。でも、このセミナーは就活生向けで、無料で参加できるらしい。「タダでなにかしら情報収集ができるならラッキーかも」と思い、とりあえずこの1日体験に申し込んでみることにした。

そうして迎えた体験セミナー当日。

日本テレビのロビーに同じセミナーを受けに来た学生らしき人が集まり始めた。そのほとんどは、リクルートスーツに身を包んでいて、髪の毛も真っ黒。私は、かろうじてシャツは着ているもののカジュアルな格好で、明るい茶髪のままだった。

今日って体験セミナーだよね？　面接じゃないよね？

改めてひとりひとりよく観察してみると、才色兼備を絵に描いたような人ばかり。あとで聞いたところによると、ミスコン出身者やすでに芸能活動をしている人もいたようで、毎日のように外で遊んで日焼けした私は、かなり浮いていた。

場違いなところに来てしまったと、居心地の悪さを感じていたところ、セミナーが始まり、講師陣の日本テレビアナウンサーの方たちが颯爽《さっそう》と登場した。

その日は、テレビで見たことのあるアナウンサーが、どんな仕事をしていて、どのように番組を作っていくのかを話してくれて、実際に生放送が行われているスタジオに案内してくれた。話がうまくて声が美しい人ばかりで、誰もがキラキラと輝いて見えた。これまで画面を通してしか知らなかった世界はとても刺激的で、気づけば前のめりになって聞きいっていた。

ウキウキとした気分で帰りの電車に揺られていると、子供の頃にアナウンサーごっこをしていたことを思い出した。我が家は毎週末のように、両親が私と妹をどこかへと連れ出してくれた。夏は海や山。秋はキャンプ。冬にはスキー場に出かけ、その先々で、私は父が持つホームビデオのカメラに向かってアナウンサーごっこをするようになっていた。「今日は○○に来ました」「こちらがキッチンです」「海がきれいですね」と、テレビで見たアナウンサーの真似をしてリポートをする。両親が喜んでくれるのが嬉しくて続けていたのかもしれないけれど、「自分が旅の中で感じたことを、誰かに伝えたい」という気持ちが、すでにあったのかもしれない。

私、本当にアナウンサーになりたいかも。

この日を境に、その気持ちに火がついてしまった。

ふらり温泉旅の誓い

2007年 11月 鬼怒川温泉

池袋から直通の東武線に乗って鬼怒川へ。昔から海に山に、毎週末飛び回っていた私にとっては、このくらいの距離はもはや日常生活における移動の延長のようなものだった。

この日訪れたのは、素泊まり1泊5000円の宿。チェックインを済ませると、部屋に荷物を置き、すぐに温泉へ向かった。無色透明な湯に浸《つ》かりながら、これまでの試験を振り返る。

「一度、頭の中のフィルターを通して、言っていることが合っているか、そうでないか、考えながら喋るといいよ」

これは、日本テレビのアナウンサー試験の最中に、森富美アナウンサーからもらったアドバイス。当時の私はあまり内容を考えずに、思いのままに喋りすぎてしまう傾向にあった。それゆえ、失礼なことや余計なことを言ってしまうことがよくあり、普段の生活でも、なぜあんなことを言ってしまったのかと後悔することが多かった。森さんのアドバイスは、自分でも気づいていなかった話し方の特徴と性格の弱点を突いてくるものであり、そこを意識して話すようになると、失敗が格段に減っていった。

ゆっくり考えながら話すと、自然と丁寧な言葉を選ぶようになる。話すスピードもゆっくりになるので、相手に伝わりやすくなる。もともと早口な私は、ひとつひとつの言葉を確認しながら、ゆっくり話すくらいがちょうどいい。

喋りのプロであるアナウンサーにもらったアドバイスを、思い返してみた。

セミナーを受けてアナウンサーに興味を持ち始めたものの、実際の採用試験は倍率がものすごく高い。本気でアナウンサーを目指している人は、アナウンススクールに通ってすでに実践練習を積んでいる。私が受かるわけがないと思っていた。でも、アナウンサーの採用試験は他の企業の試験より早く始まる。仮に全部落ちても、その後に他企業の試験が始まるから、ここで一度経験しておけば、練習になるかもしれない。それならダメ元でチャレンジしてみようと思った。

その後は、運がよかったのだと思う。結果から言うと、日本テレビのアナウンサー試験は、役員との最終面接まで進んだ。面接が終わった瞬間、「もしかしたら、合格しちゃうかも！」という手ごたえはあった。しかし、あえなく不合格。やっぱり甘くなかった。

予想外だったのは、その結果が思った以上に、悔しくてたまらなかったこと。練習であるはずのアナウンサーの採用試験に落ちただけで、失望する必要はない。ここまでが奇跡だったんだと思おうとしたけれど、なかなか気持ちが切り替えられないでいた。

「もしかして、本気でアナウンサーになりたくなっている？」「いや、それはさすがに無理でしょ」

この頃は、そんな自問自答をずっと繰り返していた。

その日も、きっと浮かない顔をしていたんだと思う。当時仲間との溜まり場だった、池袋キャンパス第一食堂の前にあるベンチにひとりで座っていると、同級生の聖子が「どうしたの？」と声をかけてくれた。そこで私は初めて、アナウンサー試験を受けていたことと、最終面接で落ちてしまったことを人に打ち明けた。どうせ受かるわけがないからと、両親にも話していなかったのだ。

ひと通り話を聞き終えた聖子が言った。

「気分転換に、温泉にでも入りに行く？」

聖子もフットワークの軽いタイプだった。旅好きな私が誘いに乗らないわけがない。なんだか久しぶりに、ヒロインのような思い切った行動に出たくなった。足りないものがあればコンビニで何でも買えるし、温泉に浸かるだけなのだから、おしゃれをする必要もない。そのままふたりで駅に向かい、池袋から特急スペーシアに乗って鬼怒川に辿り着いた。

ゆっくりと湯に浸かり、ほっと一息つくと、ふたりで近所の居酒屋を訪れた。

「とりあえず乾杯！」

生ビールの入ったジョッキを一気に飲み干す。湯上がりのビールは最高。なぜか、枝豆とイカゲソの唐揚げを頼んだことだけよく覚えている。

聖子は必要以上に話しかけてくることなく、ただただ隣にいてくれた。彼女はいつもそう。だから私も、自分の気持ちを整理することができたのだと思う。

翌朝は龍王峡に行き、エメラルドグリーンの川が流れる美しい渓谷を散策して、最後にパワースポットと言われている五龍王神社でお参りをした。

「アナウンサーになれますように」

やっと自分の気持ちに素直になることができて、心と体が驚くほどスッキリしていた。家に帰ると気持ちを新たに、テレビ朝日のアナウンサー試験のエントリーシートを書き始めた。

どうせやるなら、楽しくね！

2007年　11月　六本木

テレビ朝日のアナウンサー採用試験は、当時5次面接まであった。1次面接の30秒自己PRは「おてんば、やめられません！」のキャッチコピーでなんとかクリアしたけれど、2次面接では早くもピンチを迎えた。

内容はこうだ。まずは2人1組に分けられ、お互いをインタビューする他己紹介。さらに、急にパネルを渡されて、そこに書かれているものについて1分間話すようにと指示された。もちろん、準備する時間は与えられず即興で行う。

私がお題として渡されたパネルに貼られていたのは、ゴルフの石川遼選手の写真だった。「まずい！」というのが本音。当時の私は、スポーツにまるで疎くて、石川遼さんがゴルフ選手であり「ハニカミ王子」と呼ばれていること以外、何も知らなかった。

パニックに陥っているこちらのことはお構いなしに、スタートが切られてしまう。なんとか口を開いた。

「……こちらは、ゴルフがうまくてとても有名な方で、ハニカミ王子と言われています。はにかんだ笑顔が素敵ですね……」

どうしよう。もう終わってしまう！　焦った私は、とっさにこう付け加えた。

「ハニカミ王子といえば、その前にハンカチ王子がいましたけど、斎藤佑樹選手は……」

そこからは50秒間、石川選手よりはまだ知っていたハンカチ王子こと斎藤選手について、そして甲子園について、さらには高校時代に応援団に所属していて、『タッチ』の曲が好きだということまで必死に喋り倒した。

1分間って、なんて長いんだろう。

なんとか無言にならずに済んだことに安堵していると、面接官から、「なぜハンカチ王子の話をしたのか」と問われた。正直に「石川選手についてあまり知らなかった」と告白すると、「それでいいんですよ」と笑ってくれた。


なんとか2次面接を突破すると、3次は、筆記試験だった。一般常識と英語、そして小論文。この時点でもう40人ほどしか残っていなかった。あらかじめ決められていた席に座ると、机の上には、まい泉《せん》のカツサンド！　私の大好物が置かれていた。周りを見渡すと、誰ひとり食べている人はいない。筆記試験対策の参考書を読んでいる人がほとんどだった。ふと隣の席の人と目が合った。

「まい泉、あるね」

彼女が話しかけてくれた。私が食べようか悩んでいることに気づいていたらしい。

「これ、美味しいよね」

嬉しくなって返事をする。

「食べていいのかな？」

「食べようか！」

ふたりなら怖くない。彼女もそれまで読んでいた参考書を閉じて、一緒に食べてくれた。岩手出身で、ずっとクラシックバレエをやってきたという彼女は、色白美人でほんわかした雰囲気を醸し出していた。

いい子だな、また会いたいな。でも、きっともう会えないんだろうな。

試験を終えて別れる際、「また、どこかで！」「お互い頑張ろうね！」と声をかけ合った。


4次面接は、小さなスタジオに通され、実際にカメラの前で、ニュース原稿を読んだり、詩を朗読したり、フリートークをしたりするというカメラテストだった。大勢の面接官が待ち構えているだろうと思って扉を開けると、スタジオには数人のスタッフしかいなかったので、これなら大丈夫と少し安心した。

「カメラの前に立ってみて、いかがですか？」

そう聞かれたので、改めてじっくりカメラを見た。私より少し背が低いくらいの大きくて重そうなカメラが3台、こちらを向いている。

「大砲に撃ち抜かれそうな気分です！」

大真面目に答えたのに、スタジオにはクスクスと笑い声が響いていた。

実はこの時、渡された詩の原稿にどうしても読めない漢字があった。読み進めながらどんどんその字が近づいてくる。

どうしよう。漢字が読めないなんて、アナウンサー失格だ……。

そんな焦りを悟られてはいけないと、思い切って、そのままその字だけ読み飛ばした。その後、特に何も言われることはなかったけれど、あれはバレていたのだろうか？　今となってはわからない。あとから聞いた話によると、スタジオでの様子は全てカメラを通して見られていて、隣の部屋には面接官がずらりと並んでいたらしい。受験するほとんどの学生はそのことを知っていたというのに、私は全く知らなかった。だからこそ、テレビ局のスタジオで、本物のアナウンサーのように立ち振る舞えた20分間が、ものすごく楽しかった。もし知っていたら、緊張して楽しめなかったかもしれない。

「どうせやるなら、楽しくね！」

残りは最終面接。もうひとりの自分が、背中を押してくれていた。

ひとりだけど、ひとりじゃない

2007年　3月　ロサンゼルス

Los Angeles,USA

この春休みが終われば大学3年生。いよいよ就職活動も始まるというその年。ただただ楽しく過ごしてきた大学生活だったけれど、このあたりで、これまで経験したことのない何かに、挑戦しなければいけないような気がしていた。

大人になった記念の旅をしよう。よし、ひとりでアメリカだ！

そう決心してからの行動は早い。ハタチの記念に、１ヶ月間ＬＡに滞在してみることにした。

昔から憧れていた海外暮らし。大学には帰国子女や留学経験のある人もいて、とても羨ましかった。でも、日本での大学生活が楽しすぎたので、長期で行く決意もできなかった。そこで、短期間のホームステイを選んだ。アルバイトをしてお金をかき集めたけれど、結局足りなくて、両親から30万円の借金をした。お金に関しては割とシビアだったふたりも、この時は快く応じてくれた。

なぜLAだったのかといえば、当時流行っていたからという単純な理由。ニコール・リッチーやパリス・ヒルトンのようなセレブが、カリフォルニアファッションで買い物をする姿がよく雑誌に載っていたし、海が好きで寒いところは苦手だったので、ニューヨークよりLAだろうと思った。勢いで決めてしまったけれど、ひとりで飛行機に乗るのも初めてだった当時の私にとっては、世界がひっくり返るくらいの大冒険になった。

最も風光明媚な空港のひとつと言われるロサンゼルス空港。砂漠地帯から広大な海に景色を切り替えながら滑走路へと着陸する。息をのむほどの絶景に心を躍らせながら無事に降り立つと、空港は多くの人で溢れかえっていた。スーツケースを引っ張りながら、行き交う人をかき分けて、タクシー乗り場へと向かう。

ちなみに、英会話は中学生レベル。受験勉強をしていた時に英単語はたくさん暗記したけれど、楽しすぎる2年間の大学生活に上書きされ、すっかり忘れてしまった。「変なところに連れていかれたらどうしよう」と内心ビクビクしながら、運転手に目的地を伝える。なんとか通じたようで、車が走り出した。途中で「Look《ルック》!」と言われたので、彼が指差す方を見上げると、山の上に大きな「HOLLYWOOD」の文字があった。

本当にLAにやってきたんだ！

胸が高鳴った。

ホームステイ先の大きな一軒家の玄関で、私を迎え入れてくれたひとり暮らしの女性は、シャーシという名前だった。豊満な体に花柄のワンピースがよく似合い、可愛らしい笑顔が印象的。すでに子供たちは独立していてひとり暮らしだという。ヒンズー教徒で牛や豚は食べない彼女は、鶏肉の入ったスパイシーな煮物を用意してくれていた。夕食後、彼女が好きだというインドのドラマを一緒に見た。いきなり歌って踊り出す急展開のストーリーに戸惑ったけれど、早く打ち解けなければという一心で、見よう見まねで踊ってみた。すると、ケラケラ笑って「もっとやって！」とお願いされたので、嬉しくなってまた踊った。彼女とはすぐに仲良くなれた。

次の日から、午前中は語学学校へ通った。「語学学校＝若者が通う場所」かと思っていたら、大学生は日本人くらいで、ドイツから来た30代のキャリアウーマン、スペイン人のパイロット、兵役を終えてきた韓国人男性など、国籍も年齢も性別もバラバラの人が集まっていた。

ここでの授業は、文法や単語を習うものではなく、とにかく会話をするものだった。テーマが決まっていることも多いけれど、自由に質問をする時間もあって、「トヨタとホンダはどう違うの？」「グリーンティーはどうやって作られるの？」なんていう質問も受けた。この時に初めて、私は日本について何も知らないことに気がついた。

学校が終われば、すぐに街へと繰り出す。バスに乗り込み、暗記した英語のフレーズで「この駅で降りたいので、着いたら教えてくれますか」と運転手にお願いする。初日は、体の大きな男性グループが乗ってくると怖くなって、ずっと運転席の横に立っていたけれど、少しずつ慣れてくると、椅子にも座れるようになった。そうして、ビバリーヒルズ、サンタモニカ、ハリウッドなどの有名な観光地から、スーパーや大学、小さな雑貨店まで、当時の『地球の歩き方　ロスアンゼルス編』に載っていた場所を、片っ端から訪れた。全てを見ておかなければもったいないと、スニーカーが擦り切れるまで歩き回った。

朝7時半に家を出て、語学学校で午前中いっぱい授業を受け、お昼は3ドルのサンドイッチで済ませ、午後は観光。1週間も経つと、当たり前に40分遅れてくるバスにもすっかり慣れていた。

ある時、バスの中で「Hey you!《ヘイユー》」と声をかけられた。「今何時か教えてくれる？」あまりに自然に話しかけられて、知り合いかと思うほどだった。同時に、自分がこの場所にいても不自然に見えなかったから声をかけられたのだと思い、「君はここにいてもいい」と言ってもらえたような気がして、嬉しくなった。同じ時間のバスに乗るうちに、初日に見た体の大きな男性が、妊婦さんに席を譲る場面に遭遇して、勝手に怖がっていた自分が恥ずかしくなった。

一番驚いたのは、会話をしなくても、目が合うと誰もが微笑んでくれること。相手に敵意がないことを伝えるためだと言われているけれど、単純に、笑顔にはものすごいパワーがあると思った。

また別の日、メルローズで買い物をしていると、店員の可愛らしい女性が話しかけてきた。

「I like《アイライク》 your《ユア》 hair《ヘア》!」

ヘア？　髪のこと？

返事をしそびれていると、勝手に私の髪を触り出した。

私は自分の髪が嫌いだった。黒くて太くて量が多いのでまとまりにくく、どちらかといえば、柔らかく茶色で猫の毛のような髪に憧れていたのだ。「私はあなたの髪の方が好き！」と、思い切って言ってみると、「本当に？」と嬉しそうに笑ってくれた。そこから会話が始まる。お互い、自分の髪が好きではなく、相手の髪が羨ましいと思っていること。歳はいくつで、どこに住んでいて、どうして今ここにいるのかについても話した。

日本では、正面から「好き！」と言われることはあまり多くない。でも、いざ言われると、やっぱり嬉しい。それまでの私は、自分が好かれているかの方を気にして、相手を好きになることをサボっていたことに気がついた。

そういえば、滞在中は学校でも街中でも「You《ユー》 are《アー》 beautiful《ビユーテイフル》!」「今夜デートしない?」と、声をかけられることも。これも最初は驚いたけれど、もちろん嫌な気分になることはないし、断ればまたすぐに別の女の子に声をかけに行くので、さっぱりしていて気持ちがいい。

「ノー!」と言われるのを怖がって、声をかけないなんてもったいない。日本に帰っても、本当に思ったのなら「かっこいい!」「すごいね!」と、恥ずかしがらずに声に出してみよう。どんな人に対しても、好きだと言えるところを見つけよう。そんなことを思うようになった。


滞在中、気に入って何度も訪れた美術館の「ゲッティ・センター」。ここには、世界一の富豪と評された石油王が、巨額の財産を注ぎ込んで集めた美術品が展示されていた。ダイナミックな建築と、ロサンゼルスの街を一望できる庭園がとても美しく、入場料は無料。まさに天国のような場所だった。街並みをぼんやり眺めていると、どうしてこんなところにひとりでいるのだろうと不思議な気持ちになる。明らかに日本ではないのに、当たり前のように、そこに佇んでいる自分がいた。

どこにいても、生きていられるんだ。

当時の私にとっては大きな発見だった。日本を飛び出して、たったひと月でも暮らしてみたことで、世界のほんの少しのことと、自分のたくさんのことを知ることができた。

日本に帰って、会いたい人がたくさんいた。話したいことがたくさんあった。

ひとりだけど、ひとりじゃない。

一歩を踏み出して、孤独になって、初めて孤独ではないことに気がついた。

最終面接

2007年　11月　六本木

テレビ朝日に来るのも、これで5回目。いよいよ最終面接の日を迎えた。

その日は朝から大雨。最寄りの駅まで父に車で送ってもらうことにした。もうすぐ駅に着くという時、奇妙な感覚があった。父が慌てて外に出る。なんとタイヤがパンクしてしまったのだった。

「タイヤがパンクするなんて、生まれて初めて。よりによって、どうして今日なの？」

不吉な予感をかき消すように、傘をさして駅まで走った。

余裕を持って家を出ていたので、約束の時間までにテレビ朝日に着くことはできた。これまでの4回とも、六本木ヒルズの同じトイレで、面接前に気持ちを落ち着かせていたので、今回も同じようにする。

「大丈夫、大丈夫。どうせなら、最高の思い出にしよう」


扉の奥から名前を呼ばれ、元気よくノックと挨拶をして扉を開けると、広々とした会議室の奥には、見覚えのある人たちが座っていた。日本テレビの時のように、ずらりと役員が並んでいると思っていた私は、少し拍子抜けする。これまで、面接のアテンドをしてくれていた人事部の皆さんが、最終面接の相手だった。

「最終面接です。緊張していますか?」

面接官の一人が和やかに語り掛けてくる。

「いいえ。大丈夫です。これまで何度もお会いしている皆さんでホッとしました。それから、日本テレビの最終面接は、ふかふかの大きな椅子で緊張しましたけど、こちらの硬い椅子の方が、私には安心できます」

……あれ、まずい? 調子に乗りすぎた? ものすごく失礼なことを言ってしまったかも。

そう思った瞬間、笑い声が部屋中に響いた。リラックスしすぎた私のことを面白がってくれたようだった。これまでの試験でも感じていたことだけれど、テレビ朝日の人たちは優しくて温かい。廊下ですれ違った人や、エレベーターでたまたま一緒になった人も、試験を受けに来ている学生だとわかると、微笑んでくれたり、声をかけてくれたり、懐が深い感じがしていた。最終面接の間にも、ますますテレビ朝日に入りたい気持ちが大きくなった。

その後は、どんな話をしたのだろうか。あまり詳細には覚えていないけれど、これまでの試験の感想や、最近観た映画の話、好きな居酒屋の話などをしたと思う。採用試験というより、雑談のようだった。

「これで以上です。よろしいですか？」

あっという間に終わりの時間がきた。

「最後に、一言だけいいですか？」

ゆるんだ気持ちを改めて引き締めて、最後の情熱をぶつける。

「もしもテレビ朝日のアナウンサーになることができたら、どんなに忙しくてご飯が食べられなくても、眠れなくても、一生懸命頑張ります！」

今考えると、ちょっと物足りない。きっとアナウンサーは激務だろうと想像したのだと思うけど、実に浅い。でもこの時、私は心の中で「決まった」と思った。恥ずかしいことを、恥ずかしげもなく言えるのが、ヒロインだと信じていたから。

面接が終わった後は、真っ直ぐ家へ帰ろうと思っていた。家の最寄り駅の改札を通ったちょうどその時、突然電話が鳴った。着信は、テレビ朝日人事部。

なんだろう？　忘れ物でもした？

急いで出ると、こう言われた。

「今からもう一度、会社に来られますか？」

明るい声に、心がぎゅっと摑まれる。

「はい！」

まるで夢を見ているような気分だった。

もう一度来てほしいということは、内定したってことだよね？

たった今来た道を駆けるように戻って六本木へ向かう。西武池袋線に乗って練馬駅まで行って、大江戸線に乗り換える。さっきまで見ていた景色が、全く違って見えた。

会社に着いて案内された部屋の扉を開けると、スーツ姿の３人が座っていた。そのうちのひとりと目が合い、思わず駆け寄って抱き合った。

「また会えると思わなかった！」

あの、筆記試験場でカツサンドを一緒に食べた、加藤真輝子との再会だった。

その後、人事部から正式に内定を告げられた。さらに、今後について説明があった後、食事に連れていってもらった。もう試験ではないのに、まだ試されているような気がしてドキドキしていると、「お酒好きなんだよね？　飲んでもいいですよ」と勧めてくれた。

乾杯をして、大きなジョッキに注がれたビールを一気に胃に流し込むと、少しずつ緊張が和らいでいくのがわかった。


店を出て皆と別れた後、ほろ酔いでひとり六本木ヒルズを見上げた。夜空に真っ直ぐ伸びるタワーが美しかった。

私、本当にアナウンサーになるんだ……。

ヒロインにしても、できすぎたストーリーだった。

2章

着陸　landing

戦うべきは、自分

2009年　4月　千鳥ケ淵

満開の桜を見上げるたくさんの人々。平日の昼間だというのに、溢れんばかりの人で賑わっている。入社3日目にして、私は初めてロケを体験していた。気象キャスターとして、都内の桜の名所を取材することになったのだ。上野公園、隅田川ときて、最後は千鳥ケ淵。

花見客の間を縫って、ようやく場所が確保できた。カメラの前に立って、機材の準備が整うのを待っていると、急にシャッター音が聞こえた。どうやら花見客の誰かが、こちらの様子を写真に撮ったらしい。

「テレビの撮影やってるよ」

「あの人誰？」

「知らなーい」

そんな声が耳に入ってくる。つい3日前まで、普通の大学生だったのだから、知らないに決まっている。それなのに、なんだかとてつもなく恥ずかしくなった。知らない人にカメラを向けられるのも生まれて初めてで、どうしたらいいかわからず、思わず顔を伏せてしまった。

すると、ディレクターの江長さんの大きく通る声が、その場に響いた。

「見られたくないなら、アナウンサーになるな！」

ハッとした。確かに、おっしゃる通り。

アナウンサーの仕事は、人に見てもらってようやく成立する。見てもらいたくてアナウンサーになったつもりはなかったけれど、見られたくないならなるべきではない。もう学生ではなく、社会人なのだから、恥ずかしがっている場合ではなかった。

「これはもう仕事なんだ」

恥ずかしさが消えて、背筋が伸びた。実質この日が、社会人としてスタートを切れた日だったと思う。


なんとかスタートを切れたとはいえ、ただスタート地点に立っただけ。この頃は、絶対に失敗してはいけないプレッシャーに毎日押しつぶされそうだった。『報道ステーション』に入社1日目から出演するなんて、当時は異例のことだったので、この境遇をよく思っていない人もいるだろうと、勝手に身構えてしまっていた。廊下を歩くときもコソコソと急ぎ足。早く認めてもらいたいのに、なるべく誰にも見つかりたくないという、不安定な気持ちでいっぱいだった。誰かに相談したくても、社内にはまだほとんど知り合いがいない。自分で思っていたよりもストレスになっていたのだと思う。入社してから1ヶ月で、あっという間に4キロ痩せてしまった。

入社当時の不安な時期を支えてくれたのが、同期たちだった。筆記試験で隣に座っていた加藤真輝子と、板倉朋希、三上大樹。心優しい男子2人と酒飲み女子2人というバランスの良さから、私たちは内定者時代からとても仲が良かった。全員揃って研修を受けられることはほとんどなかったけれど、いつも連絡を取り合い、励まし合っていた。

「○○先輩がこんなこと言ってたよ!」

「提出期限は明日だから注意!」

色々とフォローをしてくれて、孤独にならないよう助けてくれた。

千鳥ケ淵で活を入れてくれた江長さんも、学生気分の抜けない私に、社会人のいろはを懇切丁寧に教えてくれた。最初は少し怖いと思っていたけれど、本当は温かくて優しくて、まさに頼れる姉さん。お酒もよく一緒に飲んだ。

そうして周りの人に支えられて、少しずつ自分でも考えられる余裕ができてきた。

この頃、とにかく心がけたのは、まず「挨拶すること」。

社内ですれ違う人全員に、大きな声で、笑顔で挨拶をすると決めた。今はほとんどが知らない人でも、今後一緒に仕事をすることがあるかもしれないし、同じ会社で働く仲間であることは間違いない。ビクビクしていないで、まずはひとりずつ、顔見知りを増やしていこうと心を切り替えた。

そして、もうひとつが「真似をすること」だった。

気象キャスターの仕事に慣れるまでは、とにかく前任者の市川寛子さんの話し方を真似することにした。市川さんはそれまで5年間気象キャスターを担当していたので、『報道ステーション』を毎日見ていた人は、急にアナウンサーが変わったことで、違和感を覚えたと思う。できるだけその違和感をなくすために、何度も市川さんの映像を見て、原稿を読むテンポや声のトーン、間《ま》の取り方を研究し、近づけるようにした。幼い頃から、テレビ番組の提供読みやラジオ番組のあいだに入る交通情報など、アナウンサーの喋りの真似をして遊んでいたので、真似をするのは得意。これが仕事に活きるとは思わなかった。

実はこれは、その後も担当が変わるたびに実践していたこと。スポーツキャスターになった時には、前任の武内絵美さんの明るく弾けるような原稿読みを真似していたし、朝の情報番組『グッド！モーニング』に移動した時は、メインＭＣの松尾由美子さんの落ち着いていて聞きやすいニュース読みを真似していた。まずは真似することから始めて、その後、少しずつ自分らしさを付け加えていく。どんなに真似をしても、全く同じにはならないから、結果的にきちんとオリジナルになった。

こうして試行錯誤しながら、毎日の生放送を繰り返していくと、少しずつ背筋を伸ばして歩けるようになっていった。人の目ばかり気にしていても仕方ない。戦うべき相手は、いつも自分なのだと気がついた。

言葉で伝えるということ

2009年 6月 鎌倉

気象キャスターを務めて3ヶ月目に突入した頃には、「1ヶ月に3度噛んだら辞める」などのルールを作って自分を追い込んだり、様々な課題を設定するようになった。誰かと比べるのではなく、自分の決めた目標をクリアできるかどうか。アナウンサーが噛むというのは、一般的に最もわかりやすい失敗なので、当時の私にとってはどうしても避けたいことだった。毎日、空いているスタジオを探して発声・滑舌練習をしてから、本番に臨むようになった。

するとある日、デスクの渡辺さんが、「意外とできるね。中継をやってみようか」と提案してくれた。普段はテレビ朝日の屋上や、すぐ横にある毛利庭園から天気予報を伝えていたけれど、そこからは月に1度、全国各地から中継を行うことになった。

そうして迎えた初めての中継先は、鎌倉の明月院。「紫陽花寺《あじさいでら》」と言われるほどたくさんの紫陽花が植えられているお寺で、ちょうど見頃を迎えていた。そこで私は、初めて台本を持たずに、5分間ひとりでリポートをすることになったのだ。

この頃、真似をすることで型を覚える時期を、少しずつ脱しようとしていた。普段の天気予報の原稿も、気象予報士さんがくれるデータをもとに、自分で書くようになっていた。ちょっとした言い回しや語尾を変えるだけで、ニュアンスが変わるからこそ、訓練のためにやらせてくれていたのだと思う。この中継でも同じように、自分で原稿を作ることになった。

昼過ぎに到着し、技術スタッフたちが仕込みを始める頃、私も取材を始める。それまでのロケといえば、目の前に見えている景色や状況をそのまま伝えるようなものばかりだったけれど、それでは5分もたない。お寺の歴史や文化を自分なりに調べて、ご住職や観光客にも話を聞いて、感じたことをメモしていった。

どんな言葉を使って、どうやって伝えようか。

今考えてみると、この中継は、私のこれまでのアナウンサー人生の中で、最も自由に言葉を選べた時間だった。伝えるべき情報が多かったり、他の出演者がたくさんいたりする番組がほとんどで、ひとりでたっぷり5分間、好きなように話せる機会は、実はなかなかない。余白だらけの贅沢な中継を、新人時代に経験できていたのだ。

本番30秒前。カメラの前に立つと、急に緊張してきた。ひとりでやりきれるだろうか。全てのスタッフへ聞こえるように、大きく息を吸って叫んだ。

「よろしくお願いします‼」

応援団の時のような声が出てしまった。暗闇の奥から笑い声が聞こえた。

紫陽花の階段を一段一段降りながら、一語一語を丁寧に紡いでいく。ありきたりな言葉じゃつまらない。でも、背伸びをせず、等身大で。そうして放たれた言葉たちは、湿り気のある空気と混ざり合って、夜空にゆっくりと溶けていった。

最後にスタジオの古舘さんとの掛け合いがあり、しばらくしてディレクターの江長さんの「ＯＫ！」の声があたりに響いた。目の前のカメラさんも笑みを浮かべているのを見て、なんとかやり遂げられたことがわかり、ほっと胸をなでおろした。5分間、台本も原稿も持たずに、自分の言葉で中継することができた。ようやく理想としていた自分に追いつけた気がして、この中継は大きな自信になった。

当時の『報道ステーション』には、カンペがなかった。これは古舘さんの意向で、一語一句原稿通りに伝えるのではなく、内容を理解した上で、自分の言葉で喋るように指導されていた。

暗記するのではなく、カンペを読むのではなく、手元の原稿にも頼りすぎず、自分の言葉で喋る。この教えの中で、アナウンサーとしてのキャリアをスタートできたことは、かけがえのない財産になっている。

置かれた場所で咲く

2010年　4月　ベルリン

Berlin,Germany

入社して1年も経つと、同期たちも、スポーツの現場やバラエティ番組で活躍を始めるようになった。当時は、『報道ステーション』に出演しているアナウンサーは、他の番組の仕事をしてはいけないルールがあったので、私は焦りを感じていた。中継も数をこなして、最初の頃よりはうまくできることが増えたからだろう。周りは新しい挑戦をしているのに、自分だけ同じことを繰り返しているような気がして、生意気にもすでに「次」を目指してみたい気持ちになっていた。「1年目から『報道ステーション』を担当して、恵まれている」と言われているのを知っていたからこそ、そこに満足していたくない気持ちがむくむくと芽生えていた。

とにかく次の1年で、もうこれ以上できないと思えるくらい、やりきろう！

そう決めてからは、プロデューサーやデスクにロケ先を提案するようになったり、演出の会議に参加してみたり、今できることを探してやってみるようになった。番組にとっても良いことと判断してもらえたのか、アイデアが受け入れられることもあり、天気コーナーの内容が徐々に広がっていった。

そんな中、ドイツ・ベルリンからの中継が決まった。1990年にテレビ朝日が寄付を募って、ベルリンの壁崩壊の跡地に桜の木を植えた。その20年後の現状を伝えるため、現地から中継をすることになったのだ。

初めての海外出張。3泊5日の弾丸スケジュールではあったけれど、胸が高鳴った。朝早く家を出て飛行機に乗り、ウィーンでトランジットをして、ようやくベルリンに着いたのは夜遅く。翌朝から、早速取材を始めた。

ベルリンの壁が崩壊した時、私は3歳だったので、当時の記憶はない。歴史の授業で習ったり、映画の中でチラッと出てくることはあったけれど、自分から調べることもなかった。『報道ステーション』の視聴者は高齢の方も多いのに、たった20年前のことを全然知らない私が、何を伝えられるのだろうか。

このように悩んだ時には、いつも思い出す言葉がある。

「カメラテストの時のキラキラした宇賀がいなくなっちゃうなら、うまくなんてならなくていいよ」

入社してしばらく、本番中も研修中も緊張でガチガチになっていた私に、先輩アナウンサーの川瀬眞由美さんがかけてくれた言葉だった。4次面接のカメラテストを別室から見ていたらしく、その時のことをいつも褒めてくれた。

「のびのびしていて、楽しそうだった！」

私としては、何ひとつうまくできた記憶はない。でも、それを良いと言ってくれる人がいるのなら、そのままでいるしかないのだと思った。

私には何もない。だからこそ、素直でいるしかないんだ。

知らないものは知らない。けれど今、この桜はベルリンの人たちに愛されていて、悲しい歴史を優しく包み込んでいる。感じたことを伝えるしかない。それしか、できることはないのだと思った。

この中継は、大きな転機になった。放送後、視聴者の方からたくさんの手紙やメールをいただいた。この時初めて、こんなにたくさんの人たちが見てくれているんだと実感して、とても嬉しかったのと同時に、大きな責任も感じた。

思えば1年前、六本木の毛利庭園で見上げた桜は、雨に濡れて怖いくらいの美しさだったけれど、この時ベルリンで見上げた桜は、なんだか可愛らしく感じられた。


帰国後は、毎月の中継に加えて、ロケの回数も増えていった。桜前線を追いかけて日本列島を北上したり、ゴールデンウィークには、熊谷で35度の暑さを伝えたあとすぐに飛行機に飛び乗り、7度の釧路に降り立つようなハードスケジュールも日常となった。

いくら旅好きでも、プライベートでこんな無茶苦茶なスケジュールを組むことはない。体力的にしんどいこともあったけれど、精神的には満たされていた。北海道から九州までは日帰り圏内。毎日色々な人に会えて、必ず何かを学ぶことができる。学生時代はお金を払って勉強していたのに、社会人になってからは、お金をもらって勉強できるのだ。大学を卒業する時には、これで人生の夏休みが終わってしまったと皆が嘆いていたけれど、大人になってからは、考え方次第で毎日を夏休みにできるのではないかと思えるようになっていた。

まずは置かれた場所で咲く。何かできることはないか、考えて実行してみる。そうすれば必ず見てくれている人がいるのだった。

踊れる島での決心

2010年　9月　イビサ

Ibiza,Spain

入社2年目の2010年。少し遅めの夏休みに、営業部の同期、大瀧翔子とスペインに行った。目的は、パーティーピーポーことパリピが集まるあのイビサ島だった。

当時私は、日本でもたまにクラブに行くことがあった。『報道ステーション』の生放送後、反省会が終わるとだいたい深夜0時。そこから遊びに行くとなると、居酒屋やバーで飲むか、クラブかということになる。たくさんの人で賑わう週末や若い人ばかりの場所を避ければ、意外と落ち着いて音楽とお酒を楽しむことができる場所もあり、そんな時間が好きだった。だからこそ、次の夏休みはイビサに行こうと、かなり前から決めていた。

念願の夏休み、バルセロナで過ごした2日目の夜までは順調だった。ところが3日目の朝、ホテルを出ようとすると、何かがおかしい。地下鉄は動いていないし、タクシーも捕まらない。フロントで出会った宿泊客に話を聞いて、ようやくストライキが起こっていることを知った。歩いて行ける範囲で観光しようとしたけれど、ほとんどのお店がシャッターを下ろしている。構わず開けている店は石を投げられ、ゴミ箱を燃やされていた。混沌とした状況の中、なんとか売店で手に入れたポテトチップスとビールで、寂しい夕食を済ませた。

昨日まであんなに平和だったのに……。

貴重な1日が無駄になってしまったけれど、予定通りにいかないのが旅の醍醐味。入社してからずっと仕事をするだけで精一杯で、プライベートでのんびり旅行なんてできていなかったから、久しぶりに異国で常識を覆されたことが嬉しかった。当たり前なんてないからこそ、面白いのだ。

翌朝は全てがすっかり元通りになっていた。タクシーを呼んで空港に向かい、ついにイビサへ飛んだ。飛行機が着陸すると、機内で歓声が上がる。皆が楽園に辿り着くこの瞬間を待ちわびていたのだ。

海沿いのホテルにチェックインして、早速ビーチへ向かった。どのビーチにもＤＪブースがあり、音楽が流れている。私はここで、初めてヌーディストビーチを体験した。生まれたままの姿で、自由に動き回る人々。女性の裸は見慣れているけれど、お年を召した男性のヌードは、なかなか目のやり場に困るものだった。私たちは水着のままだったけれど、そんなことは誰も気にしていない。脱いでも着ても自由。泳いでも踊っても眠っても自由。好きなように過ごせばいいのだ。

夕方頃、ワンピースに着替えて食事をしに行こうとすると、ホテルのフロントで「まだどこも開いてないわよ！」と言われた。まさかそんなはずはない。そう思って中心街に行くと、本当にどこも開いていなかった。土産物店ですら、ようやく従業員がやってきたようなタイミング。この島は噂にたがわずクラブが多く、昼間はどの店も閉まっていて、日が沈む頃に町が動き出すのだ。またしても常識が覆された。

しばらくあたりをグルグル歩いて、ようやく開いたレストランに入った。そこで注文したパエリアが、魚介の出汁が効いていて、米粒が大きく立っていて、こんなに美味しいものがこの世にあったのかと驚くほど絶品だった。お腹いっぱいになっても、まだ空は明るい。日本で暮らしていると驚くけれど、この時期の地中海のサンセットは21時頃。店の横をドラァグクイーンのような格好をしたお姉さんたちが歩いていった。目が合うとウインクしてくれる。

「そろそろサンセットの時間だよ」

マドンナが絶賛したことで有名になった「カフェ・デル・マール」というチルアウトバーへ移動した。オレンジ色に変わりゆく空に合わせ、メロウな音楽が流れていく。夕陽が海に沈むと、徐々にアッパーな音楽へと変わっていった。湿度のないカラッとした風に吹かれながら、流れるメロディに体を預ける。まるで映画のワンシーン！　涙が出るくらい、美しい景色だった。この時、眠り続けていたヒロイン思考が目を覚ました。毎日の仕事に追われて、ドラマチックに生きることをすっかりサボっていたことに気がついた。もちろん、仕事は大事だけれど、日々を彩ることを忘れていては、人の心に届く言葉を紡ぎ出すこともできない。アナウンサーとして一人前になるためには、技術だけではなく、人間力も磨いていかないといけないのだ。

「もっと旅に出なければ……」

地中海の夕陽に誓った。

暗くなってからが、いよいよ本番。ちょうどシーズン終わりの時期で入場料は高かったけれど、どのクラブも大賑わい。日本では、クラブというと若者のイメージがあるけれど、イビサでは40代、50代の男女が楽しそうに踊っている。着たいものを着て、踊りたい時に踊って、なんとも自由。いくつになってもちゃんと遊び、人生をめいっぱい楽しんでいるのが伝わってくる。誰もが皆、ヒロインでヒーローだった。

「私もこうやって年齢を重ねていきたい！」

日本でのあれこれを一旦全て忘れて、陽気な人たちと一緒に飲み、歌い、踊ったことで、心の底から元気になっていた。そしてなにより、この地中海の気候が好きになった。日差しは強いけれど湿度は低い。この土地を思わせるようなかっこいい女性になりたいと思った。


この旅をきっかけにスイッチが入ってしまった。もっともっと旅をして、見たい！　知りたい！　感じたい！　そして、それを伝えたい。やりたいことは後回しにせず、行きたいところには行き、会いたい人には会い、楽しみたい時には思いっきり楽しむ。イビサで出会った大人たちのように、年齢でフィルターをかけずに、いつまでも自分の心に素直に、自由に生きていきたいと思った。

人生最高の紅葉

2010年　11月　京都

気象キャスターを務めて1年半経った頃、5日連続で紅葉の生中継をすることが決定した。しかも、場所は京都。中学校の修学旅行以来だった。気分が盛り上がり、川端康成の『古都』を本棚から引っ張り出してきて、読み直したのを覚えている。

初日は源光庵からの中継。四角い「迷いの窓」と丸い「悟りの窓」から、赤く染まった庭園のモミジを眺めることのできる、京都有数の紅葉スポットだった。夜の中継に合わせて昼過ぎに現場に入った。この頃になると、中継のための取材にも慣れてきていたけれど、5日連続となると、工夫しなければいけない。何をどう伝えようか。

日が暮れて参拝時間が終わり暗くなると、窓の奥にライトアップされた真っ赤な紅葉が浮かび上がった。まるで絵画のよう。息をするのも忘れるほど美しく、時間が止まったようだった。間違いなく、これまでで最高の紅葉だった。

翌日は瑠璃光院。比叡山の麓、八瀬《やせ》にひっそりと佇むお寺では今でこそ紅葉が有名なものの、当時はまだ知る人ぞ知る場所。夜になってライトアップされた庭園を室内から見ると、黒い空に紅葉の赤が眩しく映え、それが床に反射する。見たことのない光景に感動してしまい、しばらく動けなかった。

その後は、光明院、二尊院、永観堂。今振り返れば、見事な紅葉に対して、あまり言葉を飾りたてない方がよかったのかもしれないと思う。でも当時は、この美しさを伝えたくて仕方なかった。波心庭《はしんてい》の石をいくつものロケットにたとえたり、階段から見上げたカエデを星くずのようだと言ってみたり、今だったら、恥ずかしくて選べないような言葉を、躊躇なく使っていた。他のどんな天気予報とも、紅葉中継とも違うものにしたいと、とにかく血気にはやりがちで、毎日更新される「人生最高の紅葉」をどうしたら伝えられるかと必死だった。

アナウンサーは情報を伝えることがメインの仕事だけれど、事実関係さえ間違えなければ、表現は自分で選んでいい。自分が表現したいこと、したくないことを取捨選択しながら、一番しっくりくる言葉を見つける。この面白さを味わえる余裕が出てきたのが、この5日間だった。同時に、もうこれ以上の中継はできないのではないかとも思った。

また、この頃から時間に対して貧乏性になった。周りはいつも慌ただしく働いているし、そもそも不規則な生活だったので、次の仕事まで何時間寝られるかを計算して、隙間時間を見つけては、有効利用するようになった。地方に出張する時、前後が週末であれば前入りや後泊をしたり、日帰りだとしても、なるべく無駄がないように新幹線の時間を計算し、帰りにどこに寄るべきなのか計画した。

この京都出張では、毎朝早く起きてホテルで自転車を借り、市内を回った。お寺や神社、喫茶店などを巡りながら、誰にも邪魔されずに心の赴くまま自転車を走らせる。観光客が活動し出す前の京都はとても静かで、街をひとりじめしたような気分になった。

ヒロイン失格

2011年　3月　熊本

3年目の春を迎えようとしていた。改編期である4月間近になっても異動の話はなく、私は変わらず気象キャスターを続けることになり、1年前から膨らんでいた焦りと不安は、とうとう抑えきれなくなってしまった。

この思いを誰かに伝えなければ。どうせなら、一番偉い人に！

そう思った私は、ある人に電話をかけた。ヒロインは、時に大胆な行動に出なければいけない。

「私、お天気お姉さんになりたかったわけではないんです。どうすればもっと他の仕事ができるようになりますか」

その相手とは、『報道ステーション』メインキャスターの古舘さん。ちなみにそれまで、中継の後などに電話をいただいて、感想やアドバイスをもらったことは何度かあったけれど、こちらからかけたことはなかったので、電話口の古舘さんは少し驚いたようだった。

「申し訳ないけれど、俺にはなんの決定権もないんだよ」

いきなりの電話で、さぞ迷惑だっただろうと思う。今の私だったら、さすがにここまで失礼なことはしないけれど、当時は冷静に自分の立場を理解することができないほど必死だった。

そして、はっきりとこう言われた。

「欲張りすぎです」

頭の中が真っ白になった。とんでもないことをしでかしてしまったのではないかと後悔していると、古舘さんはこう続けた。

「俺だって、最初はプロレスの実況なんてやりたくなかったんだよ。野球とか、王道のスポーツ中継をやりたかった。でもその機会はなかった。だからプロレスで、どうやったら人と差をつけられるのか追求してきた。認めてもらえるようになるまでには時間がかかった」

言葉が出なかった。一人前になったつもりでいたけれど、所詮まだ2年。急に恥ずかしさがこみあげてきて、体が熱くなった。

「俺とお前は似てるな。生意気で欲張りだ」

とんでもなく失礼な電話だったにもかかわらず、邪険にせず誠実に向き合ってくださった古舘さんが、最後にくれたメッセージ。私はこれを、この上なく前向きに解釈することにした。古舘さんが認めてくださっている。よし、私も愛される生意気、愛される欲張りになろう！

そう決意してから数週間後、九州新幹線の開通を伝えるために、熊本駅から中継をすることになった。これまで自然の美しさを伝えてきたけれど、今回はどんな伝え方が良いだろうか。昼過ぎに熊本に到着し、熊本朝日放送で挨拶を済ませてから、現場へ向かった。ホームで打ち合わせをしていると、突然誰かが叫ぶのが聞こえた。

「大きな地震があったみたい！」

皆で急いで局に戻り、テレビ放送を見て愕然とした。東日本大震災が起きた瞬間だった。現実のものとは思えない映像が、次々に目に飛び込んでくる。夜の中継がなくなることはすぐに理解できた。けれど、東京のスタッフと連絡がつかない。皆で繰り返し電話をかけ続けて、ようやくつながったデスクの渡辺さんが発した言葉は、今でも忘れられない。

「東京もかなり揺れた。お台場が燃えてる！」

この時真っ先に頭をよぎったのは妹のことだった。ちょうど就職活動を始めた頃で、慣れない地下鉄を乗り継ぎ都内を移動していると聞いていたので心配でたまらず、そこからはずっと妹に電話をかけ続けた。10回ほどかけ直してようやくつながり、その日は家にいたことがわかって安心したものの、新たな情報が入ってくるたびに恐怖と不安に襲われた。自分だけが安全な場所にいることが、申し訳なくなった。

飛行機も新幹線も全て止まってしまい、東京に帰ることはできなかった。テレビでは全ての局で緊急放送が流れ、アナウンサーが必死に情報を伝えている。きっとテレビ朝日でも、皆が対応に追われ、何かできることはないかと奮闘しているだろう。それなのに、私は何もすることができない。自分の無力さに苛立《いらだ》った。

その後はひとまず、博多へ車で移動することになった。急遽予約をしたビジネスホテルに荷物を置き、夕食のために外へ出ると、街は仕事帰りの人たちで賑わっていた。あんな悲惨な出来事なんてなかったかのように、目の前には、いつも通りの金曜日の夜が広がっていた。

こんな時に、どうして私はここにいるんだろう。

その夜は、食べ物がなかなか喉を通っていかなかった。

翌朝、長蛇の列に並んでなんとか新幹線のチケットを買い、東京へ戻ってきた。会社に戻ると、すでに何人かの先輩は東北に向かって出発していた。私には都内のロケに出るよう指示があり、品薄になっているスーパーや臨時休業している百貨店などを数時間取材して、家に帰ることになった。

未曽有の大災害が起こったというのに、臨時対応を任されるわけでもなく、現地に取材に行けるわけでもない。体力は有り余っているのに、いつも通りの週末を過ごし、いつも通りの勤務に戻った。不甲斐なかった。でも、今考えてみれば当たり前のことだ。アナウンス部には60人のアナウンサーがいる。まだ2年目の若手に、大事な役目を任せられるわけがない。

なんの戦力にもならない存在なのに、次のステップに進みたいと焦っていた私は、明らかにヒロイン失格。ただの欲張りで、ただの生意気だった。

3章

岐路　crossroads

ド素人、スポーツの世界へ

2011年　8月　甲子園

次なるステップは、思いがけないタイミングでやってきた。震災からまだ2ヶ月も経っていない5月の初めに、今年の夏から『報道ステーション』のスポーツキャスターになってほしいと告げられた。それまで担当していた武内絵美アナウンサーが、産休・育休に入ることを受けての異動だった。待ちに待った新しい挑戦。飛び上がるほど嬉しかった。

ただし、問題がひとつ。私はそれまで、スポーツというものをほとんど知らなかった。セリーグ？　パリーグ？　12球団が言えないどころか、野球のルールもうろ覚え。ここから、猛勉強の日々が始まった。

毎朝、スポーツ新聞全紙をチェック。わからないところには赤線を引き、スクラップしてノートに貼り、意味を調べて書き込んでいく。そういったノートを何冊も作り、野球のルールから、選手や球場名、スコアブックの書き方などをひとつひとつ覚えていった。少し頭に入ってきたら、次は高校・大学野球、メジャーリーグの選手の名前をインプット。野球だけでも覚えることは山ほどあった。けれど、プレッシャーになるというより、新しいことに触れられる楽しさ、なにより、「やってやろう！」と燃える気持ちが勝っていた。

甲子園が開幕し、盛り上がりを見せていた8月。私が気象キャスターを担当する最後の日は、後任の青山愛アナウンサーと一緒に天気コーナーに出演し、森高千里さんの『私の夏』をBGMに選んで、全国のお盆休みの天気予報を伝えた。真っ白なワンピースを着て、紙芝居のように1枚ずつパネルをめくりながら、これまでの2年半を振り返った。ずっと早く次のステップに進みたいと思っていたのに、数々の中継やこだわりの演出など、贅沢な経験をたくさんさせてもらってきたことが蘇ってきて、胸が熱くなった。社会人1日目から、愛情をもって育ててもらった天気チームと離れるのは寂しかった。

週が明けた8月15日。それまで毎日通ったウェザーセンターではなく、ふたつ上の階のスポーツ局に初めて向かった。『報道ステーション』のスタッフたちがいる中に、先週まで絵美さんが使っていたデスクがある。ここが、新しい居場所になった。ぐるりと周りを見回すと、見事なまでに全員男性。しかも、大学まで体育会でスポーツをやってきたとか、サッカーチームの熱心なサポーターであるとか、スポーツ愛の強い人ばかりで、基本的なルールもわからないなんて、とても伝えられないような状況だった。

それでも翌日には早速大阪へ飛び、京セラドームで、初めてのプロ野球取材。さらにそのまま甲子園へ移動して高校野球の取材。夜には朝日放送テレビのスタジオから中継を行った。当時は、現役引退後に野球解説者や大学教授として活躍され、長く高校野球を取材されていた栗山英樹さんが一緒だったので、その横にくっついているのが精一杯だった。

その翌朝、もう一度甲子園球場に向かった。太陽が容赦なく照りつける取材席で、慣れない手つきでスコアブックをつけながら、試合を追う。今夜この試合を生放送で伝えるのだから、一瞬も見逃したくない。そんな思いで食らいついていた。

試合後、報道陣に取材時間が与えられる。限られた時間の中で、どの選手にどんなことを聞くのかが重要だ。

「二手に分かれるから、宇賀は負けた方のチームに行って！」

思わず、え？　という顔をしてしまった。勝ったチームを取材すると思っていたのに、負けた方？　一体何を聞けばいいのか。悩む暇もなく取材時間はやってくる。ここまで投げ続けたエースや、チームを引っ張ってきたキャプテンの周りには、すでに人だかりができている。出遅れてしまった。私は目の前にいる2人組に声をかけた。

「今のお気持ちは？」「これまでの試合を振り返っていかがですか？」

ありきたりな質問しか出てこない自分を、恥じている時間もなかった。ふたりの選手は清々しい表情で、淡々と答えてくれる。

「自分の力は全て出しきりました」

「後悔はないです！」

でも、残り時間が少なくなった最後の質問で、急に表情が変わった。

「お互いに、そしてチームメイトに、なんて声をかけたいですか？」

ふたりが目を合わせ、少し笑い、そして、泣き出した。泣きながら、言葉を絞り出す。

「もっと、一緒に野球したかった……」

その瞬間、自分の目にも涙が溢れてきていることに気づいた。

どうしてだろう？　私、ふたりについても、野球についても、全然知らないのに。

その理由は、この日取材をし終えたあとに気づいた。球児たちは、自分のことについて話しているうちは平気なのに、チームメイトや監督さんのことを話し出すと、皆泣いてしまうのだった。なんて美しい涙なんだろう。汗と涙の入り混じった空間で、私は胸が締め付けられるほど感動していた。どのくらい詳しいかなんて関係なく、スポーツには、人の心を動かす力があるのだと身をもって知った日だった。


そこからは、朝から取材に出て、夜の放送までスケジュールがパンパンという、目まぐるしい日々が始まった。わけもわからず、ついていくのに精一杯だったけれど、移動の合間には新聞や雑誌をチェックし、休日もスポーツ観戦をして、とにかくまずは、スポーツを好きになろうと決めた。こんな最前線で取材ができるなんて、贅沢すぎる経験。スポーツファンの皆さんにがっかりされないよう、敬意と愛をもって、伝えられるようにならなくては……。

　置かれた場所で咲く。それは、これまでの2年半で学んだことだった。スポーツには全く興味がなかった私がここにいる意味を、必ず作らなくてはいけない。そのためには、できる限りのことをやってやろうと誓った夏だった。

過去と現在が行き交う街

２０１１年　９月　カリフォルニア

California,USA

　スポーツを担当するようになってすぐに、遅めの夏休みをもらえることになった。ちょうど野球漬けの日々が始まったところだったので、どうせなら本場の野球を観ようと、アメリカ・カリフォルニア州へ行くことにした。

まずはサンフランシスコに住んでいる友人と待ち合わせをして、そのまま電車に乗ってオークランドへ。アスレチックス対マリナーズの試合を観に行った。これまでの私だったら、旅行先でスポーツ観戦なんて考えられない。でもこの日は、心がときめいていた。なんとこの試合では、松井秀喜選手とイチロー選手の競演が見られることになっていたのだ。

よく晴れたデイゲーム。広々としたスタジアムに、パラパラと客が入っている。すぐ前の席には、ひまわりの種をかじりながらビールを飲み、おしゃべりをしているおじいさんがふたり。熱気ムンムンというよりも、皆リラックスしてのびのびとしている。

松井選手がベンチから出てきた。背中が大きいからだろうか、グラウンドが近く感じられる。少年が客席ギリギリのところまで駆け寄って声をかけると、手を上げて応えていた。打席に入ってから何球目だっただろうか。急に、パーンという気持ちの良い音が響いた。ボールは外野の方へ飛んでいき、歓声が上がる。いきなりヒットを目撃することができた。

イチロー選手は、周りの選手に比べると細身に見えた。でも、打席に立った時の存在感は圧倒的で、ピッチャーを真っ直ぐ見る姿には釘付けになった。ものすごい速さでボールが転がっていく。気がつくと、イチロー選手はもう塁に出ていた。反対側の客席をよく見ると「ＩＣＨＩＲＯ」と書かれたボードを掲げた人が、楽しそうに踊っていた。

アメリカで活躍するふたりのスターを、同じ日本人として誇らしく感じた。

これから、こんな素晴らしい瞬間を伝える仕事をしていくんだ……。スポーツキャスターとしての一歩を踏み出したばかりの私にとって、忘れられない試合になった。

翌日は、車でハイウェイを1時間ほど走り、ワインの街、ナパ・ヴァレーへ。一面に広がる葡萄畑は、想像していた以上に美しかった。ちょうど日曜日だったので、マルーン5の『Sunday Morning』をかけながら、窓を全開にして走る。運転は現地の友人に任せられたので、ランチをしたワイナリーで本場のワインをしこたま飲んで、すっかり上機嫌だった。

そして翌朝、向かった先はラスベガス。私は、ここで生まれて初めてカジノを体験した。勝負事は嫌いではないけれど、どちらかといえば堅実な方なので、散財はしたくない。ひとまず300ドルまでと決めて、アプリで練習を重ねてきたブラックジャックに挑んだ。

ルーレットやスロットは運まかせだけれど、ブラックジャックは自分で考えられるから、たとえ負けても自分の責任と諦められる。堅実にゲームを進めていくと、途中から連勝！　完全に流れが私にきていると思って興奮した。いつの間にか周りに客が集まっていて、応援してくれた。

結果的に、初日はなんと300ドルが3倍に！　私って才能あるのかも？　と調子に乗った翌日は、案の定ボロ負けして、最初の300ドルもすっからかんになった。

それでも、カジノという異空間を存分に味わうことができたし、遊んでいる間は基本的にお酒が無料なので、飲み代と考えればもはやプラスだったように思う。何事も、実際に経験してみなければわからない。

旅の最後に、20歳の時に訪れたロサンゼルスへもう一度行ってみることにした。なるべく新しい刺激を求める私は、同じ場所へ行くことはほとんどないけれど、今回はあえて、思い出の場所に行ってみたかった。

当時大好きになって、滞在中何度も訪れた「ゲッティ・センター」。久々にその美術館の前に立つと、不思議な感覚に襲われた。記憶の中で思い描いていたものよりも、なんだか小さい。あの頃はとても広く、巨大迷路のように感じられたのに……。

同じ場所を歩くことで、たびたび変化を感じられた。4年前、毎日3ドルのサンドイッチを食べていた私が、今はおしゃれなレストランで食事をしている。擦り切れたスニーカーで歩いた道を、ヒールの高いサンダルで闊歩している。偉くなったわけではない。ただ、歳を重ねて持ち物が増えて、見える景色が変わっただけ。つまり、心が変化したのだ。

この変化は、成長と言ってもいいのかな。

過去の自分を愛おしく思いながら、今の自分を少し誇らしく思えた。

気づけば高級ブランド街のロデオドライブを歩いていた。あの頃は、ショーウィンドウを覗き込むことしかできなかったことを思い出す。ブランドものをたくさん揃えたいタイプではなかったけれど、この時は「成長を感じた」記念に、何かを残したい気持ちになった。

ふと、ある店のショーウィンドウが目に留まる。重たい扉を開くと、店内には、財布にバッグ、キーケースなど、たくさんの商品が並んでいた。

私の目に留まったのは、一足の靴だった。明るめの茶色の革で作られた、ラインが美しいブーツ。目にした瞬間、きっとこの靴が、また新しいところに連れていってくれるような予感がした。

すぐに会計を済ませ、大きな買い物袋を肩から提げて外に出ると、またもやどこか誇らしい気持ちになった。

飲みニケーションの効用

2012年　2月　沖縄

スポーツキャスターになって、あっという間に半年が過ぎた。就任当時はやる気に満ち溢れていたのに、この頃の私は、心身ともにボロボロになっていた。

まず、体力的にしんどい。生放送が終わって深夜に帰宅しても、翌朝早くから取材に出る。野球もサッカーも、試合は全国で行われているので、その日注目の選手にインタビューするために、北海道から九州まで日帰りで出張し、夜には東京のスタジオにいるようなスケジュールで働いていたので、極端に睡眠時間が削られていった。

また、現場へ行く時の服装は全て私服。ヘアメイクも自分でしなければならない。ただでさえ忙しいのに、服を買いに行く時間などないし、もちろんお金も潤沢にあるわけではない。そんな状態なのに、行く先々で好き勝手に写真を撮られた。スポーツ紙のカメラマンや、チームのファンの方から撮られるのはまだ仕方ないと思えたけれど、アナウンサー目当てのカメラ小僧と呼ばれる人たちは、関係者入口で待ち構えていて、一斉にフラッシュをたく。酷《ひど》い場合にはその写真を週刊誌に売られ、下着の線が透けていると騒がれたり、ファッションチェックと題して勝手に採点されたりした。取材が終わって出てくると追いかけられ、本当は電車で移動したいのに、泣く泣く自腹でタクシーに乗ったこともある。さらに、同じ選手への取材が続いたりすると、「○○選手を狙っている!」などと、面白おかしく記事を書き立てられた。

一生懸命仕事をしているだけなのに、どうしてこんな目に遭わないといけないんだろう……。

局でも取材先でも、周りは男性スタッフばかり。皆スポーツへの思い入れが強いぶん、時には怒号が飛び交うこともあり、弱音を吐ける環境ではなかった。一度、本番で片方のチームに肩入れするような発言をしてしまい、ディレクターが怒ってスタジオに飛び込んできた後は、しばらく立ち直れなかった。

天気コーナーを担当していた頃とは全く違う状況に疲弊してしまい、この頃は、ただただミスがないように、毎日の生放送を終えるだけで精一杯だった。今考えると、あのハードワークは、早く現場に慣れてもらおう、たくさん経験をさせてあげようというスタッフの優しさであり、気遣いであると理解できるけれど、私の中では、取材に行きたくない気持ちが日に日に大きくなってしまっていた。

自分で思っていたよりも、ストレスになっていたのだと思う。それまで丈夫だと思い込んでいた肌はどんどん荒れていき、白髪も一気に増えてしまった。

2月1日から、プロ野球のキャンプが始まる。私も沖縄へ行くことになった。前年まで野球解説を務めていた栗山さんが、今シーズンから日本ハムの監督になったことで、新しく工藤公康さんと取材をすることになった。

工藤さんは、長く現役で活躍された200勝投手。そんな超有名選手だった方と、現役引退直後にご一緒できることになったのだ。どんな人なんだろう？　緊張しながら挨拶をすると、大きな声で、こう言った。

「俺はテレビの世界のことは何もわからないから、教えてね！」

工藤さんはとても明るくて、周りのスタッフともよく会話をしてくださったし、今日はここに注目しよう、明日はあの選手に話を聞いてみようと、毎日色々な提案をしてくださった。そして、いつも「本番は、宇賀ちゃんに任せた！」と言ってくれた。

野球については、工藤さんがプロ。でも、生放送について、番組については、私の方がプロでなくてはいけないんだ。もっとしっかりしなければ！

スポーツキャスターとしての自信なんて全くなかったのに、工藤さんが頼りにしてくれたことで、意識が変わっていった。


キャンプ期間中は朝9時から行われる練習に張り付き、23時頃の放送へ向けて、夕方から打ち合わせがスタートする。深夜0時頃、生放送を終えて局から出てくると、スタッフたちと飲み会を兼ねた反省会へ移動する。「宇賀は無理しなくていいよ！」と、スタッフはいつも言ってくれるけれど、一日中働いて、アルコールを摂取せずに眠れるわけがない。「じゃあ1杯だけ〜」と言いつつ、1時間、2時間と、毎日深い時間まで飲み続けていた。

お酒が好きな私には、向いている生活だったのかもしれない。皆で飲んだり食べたりしながら、ほどけた心で仕事の話をする。ダメ出しをされたり、怒られることもあった。でも、納得できない時は、私も負けじと言い返していた。皆同じように、もっといいものを作りたい、届けたいという気持ちが強かったから、不快に感じたことはなかった。時代錯誤かもしれないし、もちろん強要してはいけない。だけど、私はこの時間が好きだった。飲みニケーションを重ねるたびに、少しずつスタッフたちとも打ち解けていき、本音でぶつかれるようになっていった。

この沖縄での経験をきっかけに、取材への気持ちが変わっていった。特にカメラを回す取材ではなくても、週に2回は自発的に取材に行くと決めて、とにかく色々な現場に顔を出すようにした。もちろん最初は怖い。でも、多少無理をしてでも足を運び続けていると、新聞や雑誌を読むだけではわからないことが、少しずつわかるようになる。また、すれ違う人に元気よく挨拶をしていると、他社の記者の方たちや、チームのスタッフの方々が、気にかけて声をかけてくれるようになった。「今日は打順を変えてくるらしいよ」「もうすぐ監督が出てくるよ」などと、色々な情報をくれるようになり、取材が面白くなっていった。

ひとりずつ、味方が増えていった。これまでは、怯《おび》えて殻に閉じこもっていただけで、こちらから近づいていけば、向こうも応えてくれる。どうせやるなら、楽しくないと！

ハードな生活にも面白さを見出せるようになると、急に増えてしまって心配していた白髪の数も減っていった。心が元気を取り戻し、いつの間にか、この世界に居心地の良さを感じるようになっていた。

心のピンマイクを外して

2012年　10月　青山

取材といっても、色々な種類がある。事前にしっかりアポをとって、30分～1時間ほどの長めのインタビューをすることもあれば、出入りする監督や選手を捕まえて、そのまま歩きながら話を聞く「ぶら下がり」と呼ばれるようなものもあり、実に幅広い。スポーツキャスターになって1年も経つ頃には、自分なりのやり方が出来上がっていた。

取材相手が決まったら、まずは経歴や成績はもちろん、なるべく映像を見て気になる部分をチェックし、記事や著書があれば読んでおく。せっかく時間を割いてくれるのだから、気分よく話してもらいたい。相手のことを少しでも知っておけば、取材本番の前後でも話が弾むかもしれない。また、質問したい内容をディレクターと相談して絞り込み、それらを反芻して覚え、自分の言葉にしていく。でも、直接ご本人の口から聞いた時に新鮮なリアクションをしたいので、いざ取材が始まったら、それらを全て捨てて、目の前の選手との会話に集中するようにしていた。

例えば、世界的なスターの取材ともなると、各メディアが殺到するので、実際に話を聞ける時間は分単位で区切られる。

現に、陸上競技短距離走のウサイン・ボルト選手が来日した際、『報道ステーション』に与えられた取材時間は、10分間だった。しっかりと話を聞くには決して十分な時間ではない。場が温まらないまま、上っ面な言葉だけで終わってしまう可能性だって大いにあり得る。

このような場合は、カメラが回り出す前の時間が勝負。マイクをつけたり、各所が準備をするたった1分の間に、とにかく話しかける。インタビュー前になるべく共通点を見つけて、話しやすい人だと思ってもらえるようにする作戦だ。その日はこう切り出した。

「実は私、同い年なんですよ！」まずはしっかり準備してきた英文をボルト選手に投げかける。

しかし、「ん？」という表情。

あれ、まずい。ジャマイカの人って、あまり年齢を気にしないのかしら？

「昨日は何を食べたんですか？」

めげずに次の質問に移る。

「あー、えーーっと、日本のサカナの、えっと、味がしない、あ、ふぐ！」

「本当に⁉　私は昔ふぐ料理店で働いていたんです！」

伝わっていたのかはわからない。でも、ニコッと笑ってくれたので、とりあえず安心してインタビューに入ることができた。

たった10分のインタビューでは、いい意味で想像を裏切られた。ボルト選手でも、厳しい練習に挫《くじ》けそうになることもあるし、レース前にテレビゲームのことを考えたりすると、素直に話してくれた。世界最速の男も、私たちと同じ人間。速く走るためのトリックはない。努力するしかないのだ。

いつも心惹かれたのは、彼ら彼女らの輝かしい功績よりも、ふっと漏れる本音だった。どんなに有名になっても、どんなにお金を稼いでいても、不安であり、孤独であり、絶対の自信を持つことなんてできない。だからこそ、努力する。そんなことを知っていくたびに、尊敬の念も強くなっていった。

いくつもの取材を重ね、すっかりスポーツを好きになった私は、そろそろもう一歩前進しなくてはいけないと思った。そこで、毎週木曜日に開かれているスポーツスタッフの定例会議で、必ず企画書を出すと決めた。他のディレクターさんのように、本格的な長編ＶＴＲは作れなくても、試合結果を伝える前の「アバン」という短い尺のＶＴＲだったら、私にも企画できるかもしれないと思った。新聞や雑誌から切り抜いてきた選手の写真に吹き出しをつけて、文字だけではなくイラストも入れたりして、なるべく他の企画書と違うものを作って目立つように工夫した。すると、ひとつ、またひとつと採用してもらえるようになった。

自分で企画しているので、質問内容も演出も自分で考える。実際にＶＴＲを作ってくれたのはディレクターさんたちだったけれど、初めて自分で企画したＶＴＲが放送された時は感動してしまった。このように、少しずつ階段を上りながら、取材の奥深さを知っていった。

職業上、インタビューの極意を聞かれることが多いけれど、これまで自分のインタビューに合格点をあげられたことはない。「もっとああすればよかった」「こうやって切り返すべきだった」と、今でも後悔してばかり。ただ、強いて言うならば、インタビューもコミュニケーションのひとつなので、とにかく相手に興味を持つことが大事だと思う。自分に興味がある人に対して、不快な気分になる人は少ない。だからこそ、あなたのことが知りたいんです！　という気持ちを、真っ直ぐに伝えるようにしている。

たった10分でも、相手と心が通いあえた時は嬉しい。心のピンマイクを外して、本音をポロッとこぼしてくれた瞬間は、この上ない幸せを感じる。

7年後の未来

2013年　9月　ニース

Nice,France

2020年、東京にオリンピックがやってくる！

そのニュースが飛び込んできた時、私はフランスのニースにいた。一度訪れて大好きになった地中海へ、また戻ってきたところだった。

カラッとした気持ちの良い風が抜けていくと、肌が喜んで、浮かれているのがわかる。日差しは強いけど湿度は低く、雨は滅多に降らないし、降ったとしてもすぐにやんでしまう。そうそう、3年前には、こんなカラッとした気持ちのいい女性になりたいと思ったんだっけ。

この年の夏休みは、ひとつ下の後輩アナウンサーである森葉子を誘って、南仏にやってきた。女ふたり、大きなトランクをなんとか持ち上げ、海岸線に沿って電車で移動していった。

ニースでは、シャガールやマティスの美術館を巡った。色彩豊かな作品がもともと好きだったけれど、なるほどこんな場所にいたからこそ、このような表現になったのだと理解できたような気がした。ここでは太陽の光が眩しく、全てが輝いて見える。

お気に入りのローカルスーパーを見つけて、毎日通った。1本3ユーロのワインと、ハムとチーズとパンを買い、ホテルのベランダで、暗い海を眺めながら遅くまで飲んだ日もあった。そのまま酔って、ベッドに倒れ込んでしまった翌朝。目を覚ますと、窓の外から「クルックル」と音がする。不思議に思ってカーテンを開けると、大量のハトが食べ残したパンを目当てに集まっていて、悲鳴を上げてしまった。

非日常の、いかにもなバカンスを堪能している最中、ホテルでWi-Fiに接続したスマホを何気なくいじっていると、東京オリンピック・パラリンピック開催決定のニュースが飛び込んできた。招致チームの面々が涙を流して喜んでいる様子も、ネット上に溢れていた。

本当に決まるとは思っていなかったので、スポーツキャスターとして、もちろん興奮した。でもすぐに、自分自身のことを考えてしまった。2020年は、7年後。私は34歳になっている。結婚はしているのか？　子供はいるのか？　どんな仕事をしているのだろうか？　オリンピックが決まったことで、きっとこれから、東京はどんどん変わっていくだろう。そんな街で、私はどうなっていたいのか……。

自然と、もうスポーツの仕事はしていないだろうと思えた。現役のスポーツキャスターであれば、7年後までこの仕事をしていたい！　と思える方が正解だろうか。もしこの瞬間に、いつものスタジオにいて、いつものスタッフと一緒だったら、また違ったのかもしれない。

「私はその頃には、結婚して子供を産んでいたいです」

森ちゃんは、ハッキリ言った。彼女らしくて素敵だと思った。

じゃあ、私は？

入社5年目。27歳。人によって、その数字の捉え方は違うと思う。7年前に大学生だった頃の私は、アナウンサーになっている自分なんて全く想像できなかった。それなら、7年後はもっと想像できない自分になっていたい。だとしたら……？

どんなに小さな力でもいい。たくさんの人に届かなくてもいい。でも7年後には、番組の方向性やスタッフの意向などとは関係なく、主観で物事を伝えていたい。

「いつかフリーランスになりたい」

この時初めて、まだ誰にも言えない、心の奥底に隠れていた気持ちが顔を出した。

人の2倍生きる

2014年　4月　六本木

アナウンサーも会社員。基本的には自分で担当番組や仕事内容を決められることはない。そして、どんなタイミングでどんな異動の辞令が出ても、よっぽどの理由がない限り、断ることはできない。まさに、置かれた場所で咲くしかない職業なのだ。

入社6年目の春を迎える少し前に、早朝4時55分からスタートする情報番組『グッド！モーニング』への異動が告げられた。もちろん驚いたけれど、これまで『報道ステーション』一筋だった私は、とても嬉しかった。

「これでまた、新しいステップに進める！」

大きな期待を胸に抱いていた。

朝の情報番組は、内容が盛りだくさん。そのぶん、番組を担当するアナウンサーの仕事も多岐にわたる。ニュースといっても様々なジャンルがあり、事件や事故のニュースもあれば、芸能やスポーツ、最新のトレンドを紹介するコーナーもある。それまでの5年間は、ひとつのジャンルを深めていくことが求められていたけれど、たくさんの情報を次々に、なるべくわかりやすく届けることが求められるようになり、これが私にとっては新鮮だった。

もちろん、難しさもある。悲しいニュースを伝えたあと、ガラッと空気を変えて明るいニュースを伝えなければいけない時などは、感情の切り替えに戸惑った。当事者の方々にあまりに失礼なのではないかと悩んだこともあった。自分なりに試行錯誤した結果、やはり「思いを馳せる」「気持ちを込める」ことが大切なのだという結論に辿り着いた。ただ原稿を読んでいるのではなく、きちんとその向こうにいる人に心を寄せていれば、自然と表情や声や間《ま》に表れる。ひとつ課題を見つけては、ひとつ答えを導き出して、少しずつ環境に慣れていった。

またこの時期、『報道ステーション』から外れたことで、バラエティ番組への出演も解禁となった。今も続けさせていただいている『池上彰のニュースそうだったのか!!』の前身番組も、この頃に始まった。番組の内容についていくのにも必死で、ゲストの皆さんに話を振るのにも緊張していたけれど、ゴールデンタイムの番組に初めて出演できたことが嬉しかった。池上さんから学ぶことができれば、朝の番組にも活かせるだろうと思った。

さらに、深夜番組『初めて◯◯やってみた』もスタート。基本的には私がMCで、毎回タレントさんや芸人さんをゲストに迎え、VTRを観ながらトークをしていく番組。これまで、トークを仕切るなんてしたことがなかったし、カメラの前で自分自身のことを話す機会はほとんどなかったので、最初は勝手がわからず、空回りしてばかりだった。でも、やっと入社前から思い描いていた「オールラウンダーのアナウンサー」としての一歩を踏み出せたような感覚があった。

それにしても、目まぐるしい変化だった。毎日出社するのは深夜2時。朝8時には『グッド！モーニング』が終了し、反省会や朝食を済ませると、そのままロケに出たり、夜遅くまで収録があったり、次にインタビューする人や共演する人の作品をチェックしたりと、やることが山のようにあった。これまでと正反対の生活スタイルどころか、昨日がいつ終わって今日がいつ来たのかわからないような日々。会社に泊まって3時間寝るか、家に帰って2時間寝るか迷ったこともよくあった。正直、スタジオに立っていてふらふらしてしまったことは何度もあったけれど、そのたびに、絶対に倒れてはいけないと自分に言い聞かせた。

私はやりたいことをやっているんだから、大丈夫。人の2倍生きられて、幸せじゃないか……。制作スタッフの中には、もっと過酷な状況だった人もいたと思う。決して自慢する気はないし、私ももう戻りたくはない。でも、この働き方を若いうちに経験できて、よかったと思っている。

この頃は、周りの人たちに本当に救われた。それまでは単独で動くことが多かったけれど、朝の情報番組には複数のアナウンサーが出演しているので、チームワークが大事。皆で打ち合わせをして、本番中も掛け合いをして、放送後も一緒に朝ご飯を食べる。そのあとはバラバラになるけれど、時間が空いていれば、一緒にランチに行ったり買い物をしたりすることもあった。間近で先輩アナウンサーの仕事を見られたことで、新しい発見もたくさんあったし、とにかくみんな優しくて仲が良かった。

スポーツキャスター時代は、どちらかというと体育会系な世界にいたけれど、朝の番組は女性スタッフも多く、怒号が飛び交うなんて皆無。みんな和気《わき》藹々《あいあい》と働いていたので、とにかく居心地が良かった。

同じ会社の同じ部署に勤めていても、こんなに世界が変わるものなんだ……。

これこそが、テレビ局で働く面白さだと思う。まるで転職したかのように、生活が激変した春だった。

誰かのための朝

2014年　8月　ランカウイ

Langkawi,
Malaysia

朝早くから、散策に出かけた。森は静かなようで、実はたくさんの音がする。耳を澄ませると、木々が揺れ、鳥が鳴き、遠くで川が流れているのもわかった。深呼吸をする。こんなに眠ったのはいつ以来だろう。まるで生まれ変わったかのように、体が軽かった。

生活が激変してから4ヶ月。この頃は、深夜に出社しなくてはいけなかったので、平日は早ければ20時頃にベッドに入る。けれど、なかなか寝付けない。長年染みついた夜型の生活リズムは、そう簡単に変えられるものではなかった。うまく寝られないストレスから、週末になると大好きなお酒を昼から飲み、好きなものを好きなだけ食べてしまい、結局リズムが狂って週が明けてもまた寝られない……。そんな負のスパイラルに陥っていた。

不安定な生活の中、待ちに待った夏休みに選んだ旅先は、マレーシアだった。今回はのんびりすることが目的だったので、クアラルンプールで数日観光してから、静かなランカウイ島へ向かった。当時は日本人はあまりいなくて、ヨーロッパや中東からの観光客が多かった。自然溢れる森の中にある、広々としたホテルの敷地内を、カートに乗ってゆっくり進む。湿った空気が肌にまとわりついた。

焦ることはない。時間は十分にあるのだから。

とにかく何も予定は立てなかった。今が何時なのかも気にしなかった。海沿いのサマーベッドでゴロゴロしながら本を読んで、暑くなったらプールでひと泳ぎ。お腹が空けば何かを食べて、気ままに船を漕いだりした。空の色が怪しくなってきたら部屋に戻って、雨の音を聞きながらワインを飲む。リスもカエルもイモリもいた。見たことのない真っ黒な猿や、カラフルな鳥にも出会った。もちろん他の宿泊客もいた。でも、誰ひとりこちらを気にするそぶりはなく、それぞれのペースで生きていた。

明るくなったら目覚め、暗くなったら眠る。これが正しい暮らしなのだとしたら、私は何をしているんだろう？　情報なんて、本当に必要なのだろうか？　きっと疲れてしまっていたのだと思う。テレビなんてない生活がこんなに快適なら、このまま帰らなくてもいいのかもしれないと思った。ずっと走り続けてきた心と体が、少しわがままを言いたくなっていた。

この島では、毎日10時間以上眠ったように思う。ぐっすり眠ってしっかり食べると、心も体も元気になる。こんな当たり前のことに、改めて気がついた。日本へ帰る日、朝早くに空港へ向かい、コーヒーを飲もうとカフェに入ると、レジのお姉さんに「今からどこへ行くの？」と尋ねられた。

「日本？　いいなぁ。私もいつか日本に行ってみたいのよ」

そう言って、可愛らしい笑顔を見せてくれた。なんだか嬉しかった。

時計を見ると、朝の8時。周りを見渡すと、空港のスタッフや飲食店の店員、スーツ姿で電話をしている人もいた。

私だけじゃない。皆、朝早くから働いていた。眠い時に笑顔をくれたり、困っている時に親切にしてくれたり、この朝だけでも、そんな働く人たちに救われた。

「私も、誰かの朝を、ちょっぴり幸せにできているのだろうか？」

帰りたくないと言いながら、本当は帰りたくなっている自分に気がついた瞬間だった。

リアルな世界の優しさ

2015年　8月　イスタンブール

Istanbul,Turkey

　朝の番組にもすっかり慣れてきた頃、打ち合わせ中にスポーツ紙をめくっていると【赤江珠緒の後任は、宇賀なつみ！】という見出しが目に飛び込んできた。

「え？　なんのこと？」

　まさに青天の霹靂。私には、何も知らされていなかった。

　当時、朝8時からは、羽鳥慎一さんと赤江珠緒さんがMCを務める『モーニングバード』が放送されていた。その記事では、赤江さんが秋に番組を卒業して、その後任を私が務めることになったと伝えていた。

「宇賀さんいなくなっちゃうんですか？」「秋から頑張ってね〜〜」番組内で次々に声をかけられたけれど、私は何も知らない。本番後に急いでアナウンス部長に話を聞きに行った。すると、まずこのように情報が漏れてしまったことを謝られ「まだ正式決定ではないんだ」と告げられた。

　なんとも中途半端な気分。もし本当にそうなるとしたら、あの羽鳥さんの横で仕事ができるなんて嬉しいけれど、どうなるんだろう？

この頃にはネットニュース全盛期に入っていて、このニュースにもたくさんのコメントが寄せられていた。

「あんな女子アナに、たまちゃんの代わりが務まるわけがない」

「あの人ぶりっ子だから苦手」

「あーあの顔デカイ人ね」

あれ？　私ってこんなに嫌われていたの？　うっかり隅から隅までコメントを読んでしまい、想像以上に否定的な意見が多くて、思いっきり落ち込んでしまった。

それから1ヶ月後の夏休み。初めてトルコにやってきた。早朝5時に空港に到着したので、まだ薄暗い中、クネクネとした道をタクシーで進んでいく。メイン通りのすぐ裏に位置するホテルの前に到着し、トランクを降ろすと、若い男のグループがこちらに近づいてきた。

どうしよう、何をされるのだろう……。

内心ビクビクしていると、ひとりの男の子が言った。

「タバコ持ってる?」

こちらが「ノー」と言うと、そのままどこかへ行ってしまった。ホッと一息ついて、ホテルにアーリーチェックインをする。街歩きを始めるにはまだ早いので、少し休もうと思って窓の外を見ると、オレンジ色の朝焼けの中に、モスクの影が浮かんでいた。

シャワーを浴びて少し休んだ後、旧市街をフラフラと歩いてみる。アジアとヨーロッパの交差点。それぞれの文化が混じり合った街並みに感動していると、今度はひとりの青年に声をかけられた。

「ニホンジンデスカ？」日本語がうまい。おや、これってもしや？　巧みな日本語で近づいてきて、そのまま店へ案内され高額なカーペットを買わされたりするなんていう話を聞いたことがあったので、妙にワクワクしてしまう。

しばらく話してみると、彼は日本語を勉強している学生で21歳。もし必要であれば街を案内してくれるという。少し悩んだけれど、見るからにいい人そうだったので、そのまま一緒に観光することにした。ブルーモスクやアヤソフィア、グランバザールに地下宮殿……。彼の完璧なガイドのおかげで、快適に回ることができた。行く先々で写真を撮ってくれたり、解説までしてくれた。

ランチの際、少しお礼がしたいと思ってご馳走しようとすると、頑《かたく》なに拒否された。「どうして？　意味がわからない」と言われて、結局割り勘。その後、お兄さんがやっているお店があるからと連れていかれた先は、やはり（？）カーペット屋さんだった。

もはや買ってもいいかなという気分になっていたところで、これまた日本語の流暢なお兄さんが登場した。

「どこで働いてるの？　テレ朝？　すごいじゃん。俺六本木はたまに行くよ」なんて言い出して怪しさ満載。それでもそのままトルココーヒーをご馳走してもらい、カーペットについては特に会話に出ることもなかった。

翌日は新市街を散策した。ひとつ橋を渡ると、ひとつ角を曲がると、さっきまでと全然違う景色になるから面白い。ボスポラス海峡に面したドルマバフチェ宮殿に入るために並んでいると、すぐ前に4人家族がいた。

ずっとこちらを見ている男の子。こちらが微笑むと、すぐに笑顔になって「どこから来たの？」と聞かれた。日本だと答えると「日本は未来都市なんでしょ？」と言う。「あなたはどこから来たの？」と聞くと、少し黙ってから、小さな声で「お父さんには内緒だよ。シリアから来たの！」と言われた。つまり、この家族は難民だったのだ。

彼は10歳で英語も話し、スマホも使いこなしている。一見何不自由なさそうだけれど、紛争のため故郷を追われ、それを隠すように父親に言われているのだった。ニュースでしか聞いたことのなかった話が、急にリアルに感じられた出来事だった。

3日目の夜、イスタンブール最後のディナーは、新市街のおしゃれなレストランに行った。

テラス席を選んで、ビールを飲みながらメニューを眺めていると、隣の席のご夫婦に話しかけられた。「どこから来たの？」旅先での会話は、だいたいこれで始まる。こちらが「日本から」と返すと、仕草や会話の端々に余裕が感じられた白髪のご夫婦は、ロンドンから来たと言う。少し会話をした後「もしよかったら、残りのワインいかが？」と、ボトルのワインを分けてくれた。

この旅の途中、インターネットはほとんど使わなかった。たまにちょっとしたピンチに襲われても、そのたびに誰かに救われた。だからこそ気づいたことがある。リアルの世界は、優しさで溢れていた。国籍や人種が違っても、たまたま出会った者同士、こんなにいい気分になれるのに、どうしてネットのコメントなんて気にしてしまっていたんだろう？

やっぱり私は、リアルを大事にしたい。まず目の前にいる人ときちんと向き合えなければ、テレビの向こう側にいる人に届くわけがないんだ。

帰国した後すぐに、新番組を担当してほしいと正式に話があった。もちろん、とても嬉しかった。でも、相変わらずネット上の評判は悪い。

ほんの少しだけ、心に陰りを持っていた時、トイレでたまたま先輩の大下容子アナウンサーに会った。

「新しい番組やるんだね」と声をかけられる。私が「そうなんです」と、暗い気持ちを振り切るように笑顔で答えると、大下さんは鏡を見つめたまま、柔らかな声で言った。

「私、宇賀しかいないと思う」

そんなわけないことくらいわかっている。でも、救われる思いだった。きっとご本人は忘れていると思うけど、こんなさりげない一言を、リアルな世界で誰かに贈れる人間になりたいと思った。

週末トリップ取材

2015年11月　下呂温泉

2015年9月28日。『羽鳥慎一モーニングショー』は初回を迎えた。新しいセットが並ぶスタジオで、カメラの前に立つ。久しぶりに、ものすごく緊張していた。小学生の頃からテレビで見ていた羽鳥さんが、横に立つ。今日から毎日、こうして一緒に番組に出演することになるのだ。直前の番組『グッド！モーニング』のスタジオから、坪井アナウンサーに呼びかけられる。ふたつの番組のつなぎ目では、毎朝スタジオをつないで掛け合いを行っていた。

「今日からこちらで頑張ります！　昨日は気合を入れて、ニンニクを食べてきました！」

本当は焼肉を食べたと言いたかったのに、なぜかニンニクと言ってしまった。しかも残り時間はわずか。すると、羽鳥さんが大げさに私に向き合って、手でにおいを嗅ぐような仕草をする。

「大丈夫です〜〜！」

私からニンニク臭が出ていなかったことを羽鳥さんが伝えて、掛け合いは終了した。そのまま、葉加瀬太郎さんが作曲してくださった、新しい番組のテーマ曲が流れ始める。緊張している場合ではなかった。

羽鳥さんが横にいてくださるのだから、何があっても大丈夫なんだ。思いっきりやろう！

新番組がスタートして1ヶ月半。ずっと行ってみたいと思っていた、岐阜県の下呂温泉を訪れた。この頃には少し余裕が生まれて、週末に旅行をするようになった。早く寝なくてはいけないプレッシャーから解放され、平日の夜に飲みに行くこともできる。出社時間は5時半。早朝といえば早朝だけど、それまでの2時入りに比べたら、天と地のような差だった。

外を歩いていると、足湯を見つけた。そっと足を入れると、ちょうど良い湯加減。じんわりと体が温まっていく。すでに空は薄暗く、この日は大人しく宿へと向かった。

翌朝は早く起きてゆっくり温泉に浸かり、宿を出た後は、関市にある名もなき池、通称「モネの池」を見に行った。遠くから見ると、ただの貯水池。でも、近づくと思わずアッと声が出てしまった。透明度の高い水の上に咲く睡蓮が美しく、池の中を錦鯉が泳いでいる。確かに、これはモネの代表作『睡蓮』のように見えた。スマホで写真を撮ると、さらに美しい。実はこの場所、番組後半のコーナー「ショーアップ」で、数日前に紹介したばかりのスポットだった。

『モーニングショー』は、話題の美しい貯水池について取り上げる短いコーナー以外に、前半では大きなパネルや長尺のVTRなどを用いて、ひとつのテーマをしっかり深掘りする。また、それについて出演者の方々がコメントをする。テレビ朝日の社員である玉川徹さんをはじめ、個性豊かな方々の議論がたびたび白熱するのが番組の特徴となり、よくネットニュースに取り上げられるようになった。

アシスタントの私に与えられた役割は、文字通り羽鳥さんをアシストすること。情報を補足したり、次のコーナーへ促したりすること。そう思っていたけれど、実際は違っていた。「宇賀さんはどう思いますか?」と、意見を求められることがあった。人の命に関わるようなニュースからご近所トラブルまで、扱うテーマは多岐にわたる。しかも、話の流れや時間の関係で、話を振られても、5秒でまとめなければいけないこともあれば、30秒以上話さなくてはいけないこともある。これが、かなり難しかった。しっかり準備しておかないと対応できない。

前日から、翌日の放送内容を確認し、知らないことがあれば調べておく。さらに当日、新聞やネットでの最新記事をチェックし、世論がどうなっているのかも確認してから本番に臨むようになった。せっかく貴重な時間をもらって発言するのであれば、ただのふんわりした感想で終わってはいけない。私はなんの専門家でもないけれど、30代、女性、会社員などの立場でどう感じるのか、とにかく素直に言ってみるしかなかった。

ただ間違えずに原稿を読むだけなら、ロボットでいいという時代がすぐそこまでやってきている。それでも人間が伝える意味を考えると、そこに心がないといけないのだと思う。必要な時には、きちんと意見を述べなくてはいけない。

「モネの池」の後は「養老天命反転地」を訪れた。作品の中を回遊し体験することで作品を鑑賞するモダンアートのテーマパークで、こちらもずっと行ってみたかったところだった。こうして観光することも、温泉に浸かることも、地元の名産をいただくことも、高速道路を運転することも、いつかどこかで話せるかもしれないと思えば、全て取材なのだ。

どんなことも、知らないよりは、知っている方がいい。もっともっと経験値を上げて、恐れずに、自分の言葉で語れるアナウンサーにならなくてはいけない。
夕方、ふと空を見上げると、真っ赤な紅葉。山の上には白い雲が細くたなびいていた。
まだまだ知らない景色がたくさんあるなぁ。
なんとなく、『まんが日本昔ばなし』のオープニングを思い出した。

現地集合、現地解散

――2016年3月　鳥取

北海道から九州までは日帰り圏内という感覚になってから、6年が経とうとしていた。『モーニングショー』では毎週水曜日に、全国各地で伝統を受け継ぐ女性たちを取材するコーナー「継ぐ女神」を担当させてもらったけれど、それでも飽きたらない。特に目的がなくても、どこかへ行きたい。同じ場所にじっとしているなんて、もったいない。土日が休みであれば、貯まったマイルを使って、どこかへ飛ぶようになっていたある日。ふと気が向いて、これまで訪れた都道府県を数えてみると、なんと46だった。

「30歳になる前に、全国制覇しなくては！」

不思議な使命感から、急いで飛行機のチケットを予約した。

『モーニングショー』の生放送を終え、昼過ぎに会社からそのまま羽田空港へ向かう。金曜日の午後から2泊3日の週末旅行。朝の番組を担当しているからこそできる贅沢だ。

鳥取に着いた頃には、もう暗くなり始めていた。とりあえずホテルに荷物を置いてから、ひとり街へと繰り出す。お昼からほとんど食べていなかったので、お腹を満たすために居酒屋を探す。事前にネットで調べていることも多いけれど、その日はなぜか、自分の足で探したい気分になっていた。

遠くに見える赤提灯につられてやってきたお店。暖簾《のれん》の隙間から中を覗くと、いい感じで賑わっている。カウンターが少し空いているから、入れそうだ。ガラガラと扉を開けると、大将が「いらっしゃい！」と大きく声を上げた。

メニューを見ながら周りの様子をうかがう。どうやら皆、地元の人のようだった。カニみそ、ノドグロの刺身、ハタハタの天ぷら……。バランスや量を考えながら注文する。運ばれてきたものはどれも大正解！　土地のお酒ともよく合っていた。

「どこから来たの？　出張？」大将に話しかけられる。

「東京から来ました。遊びです。47都道府県で、鳥取だけ来たことがなかったので」と言うと、周りの人たちが一斉に笑った。

「そりゃそうだ。鳥取はなーんもないもんねぇ」

1時間ほどすると、白井雄樹が現れた。大学時代からの友人で、大阪から車で駆けつけてくれた。そのまましばらく飲んでいると、隣のスーツ姿の2人組とすっかり仲良くなってしまって、一緒にスナックへ移動することに。その時間になって、ようやく聖子がやってきた。

雄樹と聖子とは、この頃よく旅をした。大阪、京都、金沢、高知……。大学時代からの仲間は他にもいたけれど、このふたりは旅好き酒好きでフットワークが軽く、すでに独立して自分の会社を立ち上げていたので、早めに計画すれば自由に動ける。本当にありがたい存在だった。

翌朝、3人で砂丘に向かった。思っていたより広くて、海に面していたり池ができていたり、どこを切り取るかで全く違う風景になるのが面白い。風が強くて寒かったけれど、急斜面を登ったら一気に暑くなった。もうすぐ春がやってくるのを感じる。

そのあとは、植田正治写真美術館に行った。１９３０年代から90年代の写真が展示されていて、砂丘で撮られたものもあった。なんだか無性に写真が撮りたくなる。私たちも、美しい建築と大山《だいせん》をバックに写真を撮ろうと盛り上がり、砂丘で風に吹かれてボサボサになった髪を直す。この頃は、人生で一番短いショートカットだった。

『グッド！モーニング』は、出勤前の会社員や通学前の学生の視聴者が多く、20代の働く女性を意識したオフィスカジュアルな衣装を着ることが多かった。けれど、『モーニングショー』以降の時間は、視聴者の年齢層が比較的高くなる。この異動に合わせて、私はバッサリと髪を切った。

誰かに何かを言われたわけではない。でも、この番組では、ヒラヒラふわふわした服装や、派手な色や柄は避けようと思ったし、ロングヘアもやめてさっぱりした印象にしようと思った。たかが服装や髪型。基本的には本人の好きにすればいいし、全く気にならない人もいると思う。でも、本当に大切なことに集中してもらうためには、余計な要素は取り除いておいた方がいいと考えたのだ。

砂丘をあとにすると、カニやウニといった高級海鮮から、牛骨ラーメンやホルモン焼きそばといったB級グルメまで、とにかくずっと食べて、ずっと喋り続けた。学生時代のように毎日会えるわけではないから、それぞれの近況を話したり、昔話にはしゃいだりするのに忙しい。

私は自分でもかなりマイペースだと思うけれど、やっぱり付き合いの長い仲間といると、より自然に笑えている気がした。

食い倒れた翌朝。まだお酒が残っている体を無理やり起こして、一時期話題になった「すなば珈琲」へ行った。深煎りのブラックコーヒーは、寝不足の体に染み入る。街には喫茶店が多い。おしゃれな本屋さんや雑貨屋さんもあった。何もないなんてことはない。たくさんの発見がある鳥取を、最後の県に残しておいてよかったと思った。

ふたりはまだ遊んでいくと言うので、私だけひとり昼過ぎの便で東京へ戻った。

現地集合、現地解散。この手軽さがちょうどいい。明日からまた5日間、早起きの日々が始まる。昨日は食べすぎてしまったから、夕方家に着いたら、まずジムに行こう。

時間を持て余していた学生時代とは違って、寂しくなっている暇はなかった。

ピンチヒッターのその先に

2017年　7月　苗場

「明日、羽鳥さんの代わり、いける？」

31歳の誕生日の夜。ホテルのレストランでケーキを食べ終えた頃、突然プロデューサーから電話がかかってきた。どういうことかわからず聞き返すと、メインキャスターの羽鳥さんが体調不良のため、代わりに翌日の番組を回してほしいということだった。結婚後初めての誕生日だったので、夫とワインを空けてしまった。昼過ぎからビールも何杯か飲んでいたっけ。ほろ酔いの頭で、考えた。

『モーニングショー』は羽鳥さんの看板番組であり、羽鳥さんなくして成立しない。それをまさか、ひとりで代役だなんて……。

もちろん不安だったけれど、やってみたい気持ちが勝った。

「やります！　頑張ります！」

次の日は普段より1時間早く出社して、念入りに打ち合わせをした。共演者やスタッフの皆も、できる限りサポートしてくれた。やることがたくさんあるので、あっという間に本番の時間になってしまう。スタジオにひとりで立つと、これまでにない緊張感に襲われた。

「大丈夫、大丈夫！」すぐ横で、玉川さんが声をかけてくれる。やっぱり、緊張しているのはバレていた。皆心配している。元気を出さなくちゃ。

「よろしくお願いします！」大きな声で挨拶をした。初めての鎌倉からの天気中継の時と同じように、応援団さながらにしてみると、不思議と緊張が和らいでいった。

本番が始まってしまえば、どんどん時間は過ぎる。台本通り進んだと思ったら、いつの間にか脱線してしまったり。それならここにつなげようと順番を変えたり。この話はこの人に振ってみよう。あの人があんな表情をしているから、もっと突っ込んで聞いてみよう。尺がなくなってきたから、次は一気に進めよう……。その場その場で判断しなければいけないことが、あまりにもたくさんあった。でも、それが楽しかった。

必死に頭と体を動かし続け、2時間の生放送をなんとか駆け抜けた。いつの間にかスタジオに人が集まっていて、終わった瞬間拍手が起こった。本当は拍手なんてもらえるほどの出来ではなかった。周りの人に助けられてなんとかしのいだだけで、羽鳥さんとの差は歴然。それでも、久しぶりに味わった心地よい緊張感と疲労感、そして、達成感で胸がいっぱいだった。


急なピンチヒッターから1ヶ月後、私はかの有名な野外音楽フェス「フジロック」に、初めて参戦した。もともとフェスやライブは大好きだったけれど、かなり歩くとか、天気が荒れるとか、マイナスの情報ばかり耳に入ってしまい、なかなか挑戦できないでいた。でもなぜか、この年は直前に誘われて、急に行ってみたくなった。「継ぐ女神」の取材で、京都で十二単を着せていただいた翌日、アウトドア店で長靴やポンチョを揃えて、越後湯沢行きの新幹線に飛び乗った。

東京は晴れていたのに、会場では今にも雨が降り出しそうな灰色の空が広がっていた。色々なジャンルの音楽があちこちで鳴り響き、飲んだり食べたり、アトラクションで遊んだり、大人も子供も、のびのびと楽しそうにしている。

午後には大雨が降った。ポンチョなんて意味がないくらい濡れて、足元はぐちゃぐちゃ。でも、全然気にならなかった。雨粒の入ったビールを、グイッと飲み干す。

雨の中のThe Avalanchesや、人の波に押しつぶされそうになって聴いたオザケン、暗闇の中のbjörk……。どれも最高のステージだった。たくさんの人の前で、自分たちの音楽を届ける瞬間って、どんな気持ちなんだろう？　私には想像もできないけれど、皆がとても楽しそうにしている姿を見るのは幸せに違いない。

あんなに憧れていた仕事を、今の私は、楽しめているだろうか？

『モーニングショー』のアシスタントという立場は、気象キャスターだった頃の私にとっては、眩しいほどのポジションだろう。けれど今は、その憧れの向こうに、自分で番組を進めるという大きな世界があることを知ってしまった。今の自分は、明らかに力不足で経験不足。そこまで到達するには時間がかかるだろう。

それなら、どうする?

このままでは、もう満足できないかもしれない。大自然の中で雨に濡れながら、自分の心が何かを伝えたがっているのを感じていた。

私は私でしかない

2018年 4月 伊勢志摩

番組のスタートから2年半。私は入社10年目という節目の年に突入していた。これまでずっと前を向いて進んできたつもりだった私も、この頃になると、次に踏み出す一歩がわからなくなってしまっていた。

当たり前だけれど、番組内でどのニュースをどのくらい扱うかは、毎日取捨選択されている。時間が限られているので、よりたくさんの人に見てもらえるものが選ばれることになり、そうではないものは埋もれてしまう。そんなことはとっくに理解していた。でも、毎日埋もれていくニュースの中に、時々これを届けたかったと思うものがあり、それが少しずつ積み重なっていった。

また、選ばれたニュースの中にも、事実確認できていることが限られていて、真相がわからないままコメントしなくてはいけないものがあった。本来ならきちんと取材をして伝えなくてはいけないのに、スタジオにいる自分が中途半端な知識で話をするのはいかがなものかと、悶々としていた。

その日は一度家に帰ってから、大きなボストンバッグを抱えて品川駅に向かった。名古屋駅で近鉄名古屋線に乗り換える時にチラッとスマホの画面を覗くと、また私の発言がネットニュースに取り上げられていた。

【宇賀なつみが憤り！】

【宇賀アナ、猛反論】

大げさな見出しばかりだった。こんなものは気にしなければいいと思う一方で、改めて切り取られ、文字になった自分の発言を見てしまうと、恥ずかしさと申し訳なさで胸が苦しくなった。

私は怒っていたわけではない。迷っていただけだった。

あと何度、同じことを繰り返すの？

人は皆、それぞれ複雑な事情を抱えて生きている。本当に悪いことをした人のことは悪いと言えるけれど、時にそうでもない人のことも責めなければいけないことに、このところずっと違和感を抱いていた。もっと他に伝えるべきことがあるのではないかと、思い悩むこともあった。どんなニュースでも、全ての登場人物に事情がある。絶対的な善や悪なんて、果たしてあるのだろうか？　そもそも、この世に悪人なんているのだろうか？　逆に、正義とは何なのだろうか？　電車の窓に映る惑いに満ちた自分の顔を直視できなかった。


ひと月ほど前に予約していた志摩観光ホテルのラウンジで、大小の島々と穏やかな入江を見下ろした。せわしない現場から離れて、自分だけの週末に溶け込んでいく瞬間だった。大きな自然の中で、小さく息を吸うだけの私のことなんて、誰も気にしていない。こんな美しいものだけを伝えられたら、どんなに幸せだろう。

翌朝、早起きして伊勢神宮へお参りをした。これまでで最も天気の良い日は今日ではないかと思うような、濃い青空の下、新緑の中をさわさわと風が抜けていく。

これまでどれくらいの人が、お伊勢参りに訪れたのだろう。どんなに時代が変わっても、人の願いにそれほど大差はないのではないかと思えた。外宮内宮《げくうないくう》とまわり終える頃には、背負っていた荷物を下ろして、肩が軽くなったような気がした。

私は何者でもない。もう、このままでいいや。

それまでは、迷いや不安は見せてはいけないものだと思っていたけれど、恐れずに全部さらけ出すことで、信頼してもらえることもあるのではないかと思えるようになった。淀みなく完璧にアナウンスするだけなら、ロボットでいい。人間が伝えることの意味は、嬉しいニュースで喜び、悲しいニュースで傷つき、難しいニュースで悩む姿を見せること。そしてそれを、視聴者の皆さんと共有できることだと、ようやく落とし込むことができた。

好きで人前に立つような仕事をしておいて「こう見られたい」「こう見られたくない」なんて思うのは、そもそもおこがましいんだ。私は私のまま、素直でいることしかできないのだから、このままでいるしかないと思った。

なるようにしか、ならないよ

2018年　6月　ハノイ

Hanoi, Vietnam

バイクや自動車でごった返す大通り。その一本脇道に入ると、地べたに座ってくつろいでいる人たちが目に飛び込んできた。お茶を飲んだり、談笑したり、スマホをいじったり……。それぞれがのんびりと過ごしている。湿っぽくて生暖かいハノイの空気は、決して心地よいとは言えないけれど、じっとりと汗をかくのも悪くないなと思えた。


入社10年目の夏休みには、ベトナムに行った。

まずはハノイ市内を、あてもなくぐるぐると歩き回る。喉が渇けば100円ほどのビールを流し込み、空腹を感じたら200円ほどのフォーやブンチャーを食べた。このままずっとここにいたら、街のゆったりとした空気にのみ込まれて、自分なんか溶けてなくなってしまいそうだと思った。

「いつまでも、同じ場所にいていいの？」

ずっとそのことばかりを考えていた。

アナウンサーとしてテレビ朝日に入社して10年目に入った。気象キャスターからスタートして、スポーツや情報、バラエティ番組。いつの間にか、たくさんの経験をさせてもらっていた。いつだって自分なりに誇りを持って仕事をしてきたし、そのひとつひとつが、とても愛しく大切な仕事だったけれど、ここ半年間は、ずっと同じ場所で足踏みをしていると感じるようになってしまっていた。

ずっと憧れていた仕事をして、これ以上ないくらい様々なことに挑戦させてもらい、恵まれていることはわかっていた。でも、そろそろ何かを変えたかった。変えなければいけないと思っていた。

今の私は、10年前の自分には想像もできなかった場所にいる。じゃあ、10年先はどうだろう？　だいたいどのくらいの立場になって、どのくらいの仕事をして、どのくらいの収入があるのかが、なんとなく予想できてしまう。これでいいのだろうか。先が見えてしまうと、ひとつひとつの仕事を「こなす」ようになってしまうのではないだろうか。

ベトナムは、とにかくゆるい。昼間から道路で寝ているおじさんがいたかと思えば、4人で1台のバイクにまたがっている家族が走り抜けていく。店員同士が、お客さんそっちのけで喋るのに夢中になっていたり、化粧品売り場の試供品を自分の顔に塗って遊んでいるのも見かけた。でも、誰も気にしていない。最初は少し驚いたけれど、心地よく生暖かい風に吹かれていると、それでいいんだという気分になってくる。もしかしたら、「こうでなくてはいけない」ことなんて、あまり多くないのかもしれない。ゆったりのんびり、無理なく生きていくのも、悪くないような気がしてくる。

もし自分がこの街で暮らすなら、どんな仕事をしようか？

この市場の誰から野菜を買うだろうか？

どんな部屋に住もうか？

そんな思いが浮かんでくる。旅先ではいつだって、自由に想像ができる。だからこそ、改めて思う。

さて、これからどう生きようか。

市場を抜けていくと、小さな椅子に腰掛けて、カゴを編んでいる女性と目が合った。女性はにっこりと微笑みかけてくる。

「なんとかなるよ。そして、なるようにしか、ならないよ」

そう、言われたような気がした。

世界はこんなに広くて、本当はとても自由なのに、何を迷っていたんだろう。

10年前には想像もできなかった自分になっているのだから、10年後はもっと想像もできない自分になっていたい！

ずっと聞こえないふりをしてきた心の声に、やっと耳を澄ませることができた瞬間だった。

私はベトナムで、テレビ朝日を退社することを決めた。

4章

聖地　sanctuary

旅の目覚め

1990年代　蓼科　安比高原

葉擦《はず》れ、鳥のさえずり、川のせせらぎ……。山の中では、常に何かの音がしている。雨が降れば、大勢の人が一斉に喋り出したかのようにあたりが騒がしくなり、夜になれば吹き抜ける風が怪物の声のように聞こえてくる。山小屋に敷いた布団の上に寝転んでその音を聞いていると、音に合わせて天井のシミが動き出すような気がして、怖くて眠れなかった。

1986年6月20日、私は宇賀家の長女として、東京都練馬区に生まれた。建築家の父と保育士の母はふたりとも東京育ちなので、いわゆる田舎はない。だからこそ、物心がついた頃には、毎年夏になると3歳年下の妹と4人で長野県蓼科《たてしな》を訪れるのが定番になっていた。

父はとにかく遊び人。といっても、いわゆるお酒やギャンブルといった種類のものではなく、サーフィンにキャンプにスキーにと、健康的な外遊び専門。毎週末のように私たちを外に連れ出しては、子供のように一緒に遊んでくれた。

蓼科では、虫採りをしたり、川で泳いだり、オタマジャクシを捕まえたり……。いとこたちも集まって、大人数でかくれんぼをした。私たち姉妹は、自然とともに遊ぶ楽しさを全てここで教わったのだと思う。

夏休みの蓼科旅行がものすごく楽しくて、小学校の自由研究は毎年「旅行記」を作るのが恒例になった。摘んだ花を押し花にして挟んでみたり、長野の工場へ見学に行って、そこでもらったパンフレットを切り貼りしてみたりと、宿題とは思えないほど、熱中して作っていた。当時から、自分が見たものや感じたことを人に伝えることが好きだったのだ。

そして、もうひとつの大切な場所が、岩手県安比《あっぴ》高原。年末年始は、家族揃って安比高原のスキー場で過ごすのが定番だった。私は3歳の頃から小さな板を履き、スキーをする父の両足の間に入って一緒に滑っていたらしい。ホームビデオにきちんと映像が残っている。でも、幼い頃はスキーをするよりも、雪だるまやかまくらを作ったり、アイスを食べることの方が楽しみだったような気がする。

まだ暗い早朝に東京の自宅を出発し、安比高原まで580キロ。6時間かけて、父がひとりで運転していた。レストランで毎日食事をするとなると、だいぶ出費がかさんでしまうので、この時だけはカップ麺を大量に持ち込む。健康に気を使う母は普段カップ麺を食べさせてくれないので、私にとっては年末のご褒美だった。

大晦日の夜、それは年越しそば代わりになった。湯を入れて3分待ち、皆でずるずると音を立ててすする。塩気の効いた味が舌に広がり、スキー場で冷えた体が温まる。なんとも幸せな温もりだった。ストーブを囲み、皆で同じラーメンをすすっていると、家族というより、仲間になった気分になる。もっと贅沢な食事もあったはずなのに、なぜかこの瞬間のことが鮮明に記憶に残っている。

紅白歌合戦が終わると、スキーウェアを着て急いで外へ向かう。年越しのカウントダウン15分前に、花火が始まるのだ。真っ暗な夜空に、色とりどりの花が咲いた。

「3、2、1、ハッピーニューイヤー‼」

まだ小さな妹と、年越しの瞬間にジャンプして笑い合ったこともあった。中学生にもなるとPHSを持つようになっていたので「あけおめメール」が次々に届くのが嬉しくて、花火はそっちのけだったような気がする。

翌年の春からは社会人になるという、学生最後の年末。久しぶりに家族4人揃って安比高原へ行った。母はもう滑らなかったし、父もナイターは諦めるようになっていて、私と妹はスキーではなくスノーボードに変わっていた。

久しぶりに訪れる雪山は、青い空と白い雪のコントラストが眩しかった。遠くから流行りの

J-POPが聞こえる。小学生の頃は、GLAYやラルクがよく流れていたっけ。朝から夕方までしっかり滑って温泉に浸かった後、皆でカップ麺を食べた。

ひとりの時間には、本をめくった。テレビ朝日の内定式を終え、いよいよアナウンサーになる実感が湧いてきた時期。大人たちと会話する機会がグッと増えたので、とにかくたくさん本を読むようにしていた。横溝正史、村上春樹、田辺聖子、姫野カオルコ、ヘミングウェイにサガン……。この旅にもたくさんの本を持ち込んでいたけれど、旅先で読むと普段よりもスッと内容が自分の中に入ってくる。

「また皆で来られるかな?」

誰かが言った。なんとなく、これが最後になると思った。ふと窓の外を見ると、雪が降り出していた。同じ場所にいるけれど、同じ時間はもう来ない。同じ雪はもう二度と降らないのだと思うと、ずっと眺めていたくなった。学生と社会人の間、子供と大人の間で、少しずつ何かが変わっていくのを感じていたからこそ、この場所は、あの頃の私のためにとっておきたかった。

終わらない夏休み

2007年　8月　神津島

夏の終わりに涼しい風が吹くようになると、毎年胸がキュンとなる。この時期になると、よく思い出す旅がある。あの頃は、大人になっても夏との別れが寂しいなんて、知らなかった。

東京の竹芝から南へ、大型客船に揺られること12時間。大学3年生の夏の終わりに、伊豆諸島の神津島《こうづしま》村をサークルの仲間と訪れた。2年生になった頃、自分たちで立ち上げたサークル。他のサークルと同じように、この夏で、創立メンバーは引退することになっていた。

30人ともなると、ツアーみたいなものだ。出欠確認から集金、宿とのやりとりや予定表作りなどは私が担当し、旅行会社の社員になったような気分になる。学生は往々にしてルーズだから、皆をまとめるのは大変。でも、やりがいのある仕事だった。

夜遅く、竹芝桟橋に集合して大型船に乗り、一晩かけてゆっくりと島に向かう。ジェット船を使えば3時間ほどで着いてしまうのに、お金がなくて時間がたっぷりあった当時は、あえて大型船を選んだ。まだスマホのない時代。缶酎ハイを飲みながらトランプをしたり、デジカメで写真を撮り合ったり、そんなことで十分に楽しかった。

ほとんど眠らずに夜明けを迎える。船が港に近づき、太陽の光できらめく透明な海を目の前にすると、テンションは一気に最高潮。私たちは、駆け出すように船を降りた。


毎日飽きもせず、海で泳いだ。遊歩道から海に突き出た飛び込み台から、順番に度胸試しのようにドボンと飛び込む。少し怖さもあったけれど、エイッと一歩踏み出してしまえば、意外と平気。むしろとても気持ちいい。もっと早くやってみればよかった。怖くても一歩踏み出した方がいい。そんなことを学んだなんて言ったら大げさだけど、全ての経験が、未来につながっているのだと思った。

レンタカーで島を一周したり、水着で入れる温泉に浸かってダラダラ喋ったり、夜には2人1組で肝試しもした。絵に描いたような学生の団体旅行。常にどこかで誰かが笑っている声がした。

神津島で過ごす最後の夜、だんだん暮れていく空の下でバーベキューをした。海辺で火をおこして、野菜を切って、肉を焼く。ただそれだけなのに、最高に美味しかった。これまで何度、皆とバーベキューをしただろう。飽きるほど一緒に過ごしてきたのに、まだ離れたくはなかった。

いつの間にか太陽は水平線の向こうに隠れ、あたりは暗くなっていた。気の合う仲間と、楽しいだけの時間を過ごしていられるのも、残りわずか。何でもないようなひとつひとつのことがおかしくて愛しくて、それらに夢中になることで、都合よく未来を見ないふりをしていた。誰もがまるで、もうすぐ始まる就職活動のことなんて考えていないような顔をして騒いだ。空を見上げると、星が一面に広がっていた。

永遠に続くような気がしていた夏休みも、いつかは終わってしまうと思っていた。大人になること、社会に出ることが楽しみな一方で、不安だった。でも今は、大人にも夏休みがあることを知っている。歳を重ねるごとに自由になっていくことを知っている。だからこそ、あの頃に戻りたいとは思わない。

それでも、懐かしく思い出すことはある。みんな、元気にしてるかなぁ。

バッドエンドの思い出

2011年　12月　ニューヨーク

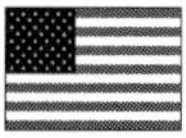

New York,USA

入社3年目の年末年始に、生まれて初めてニューヨークを訪れることになった。最先端のカルチャーやビジネスを発信し続ける街への憧れは、ずいぶん前からあった。でも当時は、お付き合いしている彼が住んでいたので、とにかく早く会いたい気持ちでいっぱいで、場所なんてどこでもよかったのかもしれない。『報道ステーション』年内最後のロケが終わった翌日に飛び立つと、向こうに着くのは25日。クリスマスにギリギリ間に合ったのが嬉しかった。

寒いのが大の苦手なので、たくさん着込んでニューヨークに降り立ったのに、その寒さは決して甘くなかった。空港まで迎えに来てくれた彼と一緒に外に出た瞬間、冷気が足元から忍びこむ。それでも、引きこもっているわけにはいかない。時間は限られている。早速ロックフェラーセンターのクリスマスツリーを見に行った。イルミネーションのライトアップが眩しく光っている。さすがクリスマス当日だけあって、あたりは大混雑。巨大なツリーの前には、ステージのような白いリンクがあり、そこでたくさんの人がアイススケートを楽しんでいた。

翌日からも、完璧なスケジュールだった。フィフスアベニューで年末セールになっていたブランド品を買い、9／11メモリアル・ミュージアムでは同時多発テロの悲惨さを改めて目の当たりにした。ブロードウェイでミュージカルを観て、MoMAでアート鑑賞をして、まだ日本に上陸していなかった「シェイクシャック」でハンバーガーを食べて、ニューヨークフィルのコンサートにも行った。これらは全て、久しぶりに会う私のために、彼が用意してくれたものだった。

大晦日の夜は、彼と彼の友人たちと皆でホームパーティーをして、カウントダウンの瞬間は、セントラルパークでタイムズスクエアの花火を見た。

「Happy《ハッピー》 new《ニュー》 year《イヤー》!」

2012年1月1日。新しい年の始まりに、あちらこちらで歓喜の声が上がる。まさに、映画のようなハイライト！　最高の旅の締めくくりと言っていいだろう。あと数時間もすれば空港へ向かい、日本へ帰らなくてはいけない。

そのまま寝ずに迎えた早朝4時。寝不足と飲みすぎでふらふらになりながら大きなトランクに荷物を詰めていると、突然彼が静かに、低い声で言った。

「今すぐ別れたいとかじゃないんだけど、ずっと一緒にいたいとは思えなくなった」

え？　なんて？

お酒のせいで頭がボーッとしているので、意味がよくわからなかった。

彼を見ると、いつになく真剣な表情。その目が冗談でないことを告げていた。しばらくふたりの間に沈黙が漂う。

これ以上ない完璧なニューヨーク旅行だと思っていたのに、彼にとってはそうでもなかったのか……。いや、本当は私も、彼の気持ちの変化に気づいていた。この頃の私は、スポーツキャスターになって激務となったことで、仕事に疲れてイライラしていたし、肌もボロボロだった。ニューヨークに来たら、そんな気分は吹き飛んでしまうと思っていたのに、何度も愚痴をこぼしてしまった。きっと彼も「こんなはずじゃなかった」と思っただろう。おまけにこの寒さで私は風邪をひいてしまい、こっそり風邪薬を飲みながら、無理して歩き回っていた。体力的にも精神的にも良い状態ではなく、心の底から楽しめていたかどうかわからない。

言いたいこともたくさんあったし、納得もできなかったけれど、出発の時間が近づいていた。話し合いもできないまま、迎えに来たタクシーへと乗り込む。彼はトランクに荷物を入れてくれて、別れ際に抱きしめてくれた。

少しずつ明るくなっていくニューヨークの街を眺めながら、ひとり空港へと向かった。タクシーを降りる際、運転手に「Happy new year!」と声をかけられる。私は全然ハッピーじゃなかった。帰りの飛行機では、機内食も食べられず、お酒を飲みたい気分にもなれず、新年早々、本当にみじめだった。

そのまま実家に帰ることになっていたので、家族に心配をかけないように、元気に振る舞わなければいけない。家に着くなり缶ビールを開けて、しんどい気持ちを押し込み、無理やりおせちを口に運んだ。父と母も年末に旅行をしたらしく、宴会の間じゅう、その話を聞かされた。いまだにものすごく仲が良くて、お互いのことを好きなのが伝わってくる両親を見て、改めて思った。

どんな自分でも、ありのまま受け入れてくれる相手でないと、続かないんだろうな……。

結局その彼とは、日本に帰ってきてから直接会って話をして、お別れすることになった。その頃にはだいぶ気持ちも落ち着いていて、すっかり前を向いていた。

以来、ニューヨークには行っていない。次に訪れたら、楽しい記憶に塗り替えたいけれど、この思い出を大切にとっておきたいような気もしている。

覚醒のアラビアンナイト

2012年　12月　ドバイ

Dubai,UAE

今年も年末に休みが取れそうだとわかった11月上旬、たまたま通りかかった旅行代理店でパンフレットを見ていると、店員さんに「今だったらドバイがオススメですよ」と声をかけられた。旅の計画は自分で立てたいタイプなので、誰かに勧められてあっさり行き先が決まったのは、後にも先にも、あの時だけ。初めての中東は、私の抱いていたイメージを裏切らなかった。

ゴールドの腕輪やカラフルなバブーシュ、オリエンタルな布が飾られた店が軒を連ねている。市場を歩くだけで中東に来たのだと実感できた。年末のドバイは25度くらい。夏は暑すぎるので、今が一番過ごしやすい季節だ。風に乗ってスパイスの香りが鼻をくすぐった。途中で、目元だけが開いているニカブを纏《まと》った女性の集団とすれ違った。全身のほとんどが隠されているけれど、高級ブランドバッグを持って金色のサンダルを履いていることだけはわかる。

旧市街地を出ると、青い空に届きそうなくらい背の高いスタイリッシュなビルがそびえ立っている。日本では見たことのないデザインのビルばかり。外から見ただけでも迫力があるのに、中に入るとまさに豪華絢爛。ホテルもショッピングモールも、道路や公園も、この街では全てがダイナミックだった。

ニッキー・ミナージュがライブを開催すると知って、前日にチケットを買って参加した。会場は、なんと競馬場。日本のアリーナよりも広大な敷地に、豪華なステージが出来上がっていた。細かいルールなどはなく、席も決まっていないので、飲んだり食べたり踊ったりしながら楽しんだ。途中、ドバイの大学生だという2人組に声をかけられ、少し話をしていると、ニッキーが近くまでやってきた。その瞬間、ひとりの男性がヒョイッと私を持ち上げてくれた。

「よく見えるだろう?」体格の良い男性陣の中にいては、ニッキーは見えないと思ったのだろう。そのまましばらく抱え続けてくれた。

「She《シー》 is《イズ》 from《フロム》 TOKYO《トーキョー》!」先ほどの大学生のひとりが叫ぶ。周りの人たちが歓声を上げた。

「え、私?」

皆ライブで興奮しているし、酔いも回っている。意味のわからない展開だけれど、楽しまなければもったいない。私はその歓声に手をあげて応えた。

日本では絶対に味わえない夢のようなライブを楽しんだ後、砂漠の真ん中にあるリゾートホテルに移動した。ペルシャ絨毯の敷かれたバーで、水タバコをぷかーっとふかす。360度、見渡す限り砂漠が続いている。幻想的な眺めは、まさにアラビアンナイト。空には星が輝き、ラクダが倒れるように寝ていた。

そして迎えた大晦日の夜。事前にインターネットで買ったチケットを手にビーチに行くと、すでにカウントダウンパーティーが始まっていた。エリアごとにブロックが分けられていて、テーマパークのよう。日本ではなかなか見かけないような大規模なセットが組まれていた。大勢の人で溢れかえっていたけれど、危ない雰囲気はなく、皆楽しそうに歌ったり踊ったりしていた。

シャンパンを飲みながらライブ会場を行き来して、すっかり酔いが回ってきた頃、カウントダウンのコールが始まった。「5、4、3……」そこで突然気がついた。さっきまで手に持っていたカメラがない！

周りの人はヒートアップしていて、おしくらまんじゅう状態。「どこ？　カメラはどこ？」必死に地面を捜しているうちに、2013年の幕開けを告げる花火が、ドバイの空へと打ち上がった。皆は、幸せな笑顔で乾杯したり、抱き合ったり、キスをしたりしていたけれど、私はそれどころじゃなかった。

「新しいカメラなのに！　この旅で撮った写真がたくさん入っているのに！」

泣きそうな顔をしている私を見かねて、周りにいた人たちがしばらく一緒になって捜してくれたけれど、結局見つからず、諦めてホテルに戻った。今年も新年早々、本当にツイていない。

ホテルで眠ったあとも諦めきれず、翌朝もう一度会場へと行ってみることにした。ビーチはまさに祭りのあとで、誰かが脱ぎ散らかしたであろうTシャツや、片方だけのハイヒールが落ちていた。砂浜をキョロキョロしながら歩いていると、解体作業をしている男性に声をかけられた。

カメラをなくしてしまったこと、諦めきれずに捜していることを伝えると、こんな言葉が返ってきた。

「大丈夫、ひとつなくしたら、またひとつ手に入るよ。ハッピーニューイヤー！」

外国語だからこそ、シンプルに響くのだろうか。モヤモヤした気持ちが、一気に吹き飛んでいった。

そうだ、そうだ！　思い出の詰まったカメラをなくしたのは、新しい素敵な出来事に出会うため。恋を失ったのだって、これからもっと素敵な人と出会うため。すっかり忘れかけていた「ヒロイン思考」が、呼び覚まされた瞬間だった。

運命のコイントス

2016年　6月　世田谷

1枚のコインが宙を舞う。実際には、たった一瞬の出来事だったと思うけれど、その光景はよく覚えている。行きつけの焼肉店のテラス席で、私の運命が大きく動いた。

「30歳の誕生日は何をしようか?」彼に聞かれた。お付き合いを始めて、2年ほど経った頃に迎えた誕生日。30歳という節目でもあるので、好きなことをしようと言ってくれたけれど、あいにく当日は月曜日。朝の番組を担当していて、翌日も早く起きなくてはいけなかったので、なるべく早めに夕食を済ませたかった。それじゃあ、焼肉でも食べに行こうと、よく行く店のテラス席で、明るい時間から乾杯をした。

聖子も呼んで、3人での小さな誕生日会。私たちは皆大学の同級生で普段からよく会っているし、誕生日だからといって何か特別なことをするわけでもない。でも、共通の友達が結婚した話になった時、ふと聖子からこんなことを聞かれた。

「なつたちは、どうするの?」

私は自然に首を横に振った。もともと結婚願望は強くないし、やっと仕事でも色々なことができるようになってきた時期だったので、特に深く考えるわけでもなく「いや、まだいいんじゃない」と言った。

でもその時、普段は温和な彼が、明らかにむっとした顔を見せた。そして「どうして結婚したくないんだ?」と強い口調で言った。これまで、怒っているところをほとんど見たことがなかったので驚いた。私が何をしても、何を言っても、いつもニコニコしていて穏やかな彼が、大きな声を出して怒っている!

これはただごとではないと思い、ある提案をした。

「じゃあ、コインを投げて表が出たら、結婚する!」

もちろん半分冗談のつもりだった。でも、半分本気だった。結婚したい理由も特にないけれど、したくない理由も特にない。だったら、30歳の誕生日という記念の日に、賭けてみてもいいのではないかと思ったのだ。怒っている彼がなおさら怒りそうな展開だけれど、そこは「いいね!」と乗ってきた。お互い酔っていたのだと思う。

ちょうどロンドン出張を終えて帰ってきたばかりだった聖子は、財布から取り出した50ペンスコインを私に渡してくれた。

「ポンド硬貨って、どちらが表なんだっけ?」

よくわからなかったので「エリザベス女王が出たら、結婚する！」と宣言し、親指の上にコインを乗せた。

いきなり始まった運命のコイントス。コインはくるくると宙を舞い、私の左手の甲にピタリと着地した。どうせ冗談だからと思っていたのに、妙に緊張していることに気がついた。

「いくよ！」

コインを隠していた右手を離すと、エリザベス女王がこちらを向いていた。

その顔を見て、ホッとした。「あれ？　私、結婚したかったの？」自分の素直な気持ちに、初めて気がついた瞬間だった。

その日から11ヶ月後の5月5日。31歳になる前に、婚姻届を提出した。カラッと晴れ上がった空の下、肩を組んで区役所から帰ってくる私たちは、新婚ホヤホヤの夫婦というより、ホームベースに戻ってきた高校球児のようだったと思う。

冗談みたいなコイントスのあと、もちろん真剣にじっくり時間をかけて考えた。でも、気持ちは変わらなかった。きっと、背中を押してくれる何かが欲しかっただけなのだと思う。

彼との関係は、最初から心地よかった。もともと友達だったこともあるけれど、私がずっと自由を求めて生きてきたことを誰よりも理解してくれているので、制限されたり否定されたりしたことは一度もない。何かを我慢したこともなかった。

「この人が味方になってくれたら、もっとなりたい自分になれる」

そう思える相手に、初めて出会えたと思った。夫婦は所詮他人だと言う人もいるけれど、逆に考えると、唯一自分の意志で選べる家族。お互いに、まだ大したものは何も持っていないけれど、ふたりで力を合わせれば、とんでもないものが手に入りそうな予感がした。何かを成し遂げてから結婚しなくてはいけないような気がしていたけれど、結婚してからだって、何でもできるのだと思えるようになった。

実際に私は、結婚してからさらに自由になったような気がする。好きなことや得意なことは思いっきりできるようになったし、嫌いなことや苦手なことはシェアできるようになった。一緒にいる時間はそこまで長くないけれど、お互いは帰る場所であって、最優先でなくていい。それが、私たちが自然に辿り着いた在り方だった。

恋人になっても、夫婦になっても、お互いの人生を尊重する。束縛することも制限することもない。でも、何かあれば全力で助け合う。そんな理想の夫婦に、少しずつ近づくことができているような実感がある。どんな人を選ぶかばかりに気をとられていたけれど、どんな自分でいたいかの方が、よっぽど大事だったのだ。

運命のコインは、今も彼の財布の中にある。もう二度と、こんな危険な賭けはしたくないけれど。

おんなどうし旅

2017年　4月　河口湖

婚姻届を出す10日前。私は母を助手席に乗せて、河口湖をドライブしていた。山梨県は母が生まれた地だからなのか、窓の外の景色が懐かしく感じられた。

東京の桜はすっかり散ってしまった頃、こちらの桜はようやく見頃を迎える。あいにくの曇り空の下、寒さに耐えて必死に咲く桜は、強く美しかった。しっかり見ておかないと失礼なような気がして、しばらくふたりでその場に立ち尽くしていた。桜の思い出はいくつもあるけれど、その時々によって、全く印象が違うから不思議だ。

母娘ふたりの1泊旅行。「温泉に入りに行こう」と誘ったのは私だった。

宿の中庭の池には鯉が何匹もいて、母が餌をあげると、池じゅうの鯉が口をパクパクさせてこちらに向かってくる。キャーキャー言いながら喜んでいる母を見て、可愛らしい人だなと思った。宇賀家で一番心が若いのは、母だと思う。母は24歳で結婚して、26歳で第一子となる私を産んでいる。私が中学生になる頃に、一度辞めた保育士の仕事に復帰して、今も現役。毎日のように子供たちと触れ合って、若いパワーを吸収しているからか、とてもタフで元気だ。私が丈夫なのも、母譲りなのかもしれない。

私が高校生の時、お付き合いしている人がいるとわかると母は、「お母さん、薬局で買っちゃったわよ」とお茶目に言いながら、コンドームを渡してきたことがある。もちろん驚いたけれど、年頃の娘のことを母なりに考えたのだろう。頭ごなしに否定するのではなく「自分のことは自分でちゃんと守りなさい」と伝えたかったのだと思う。私も、「この人のことは裏切ってはいけない」と思うようになり、以来、新しい彼ができると必ず家族に紹介するようになった。それも、次のデートを心置きなく楽しむために、お付き合いが始まって2週間以内に。

「途中から、なつが連れてくる人は、絶対大丈夫だと思うようになった」

日本酒を飲みながら、母が言った。温泉に入ったせいか、酔ったせいか、頬にはほんのり赤みがさしている。30年も、信頼して見守ってくれていたのだと思うと、グッとこみあげてくるものがあり、慌てておちょこを口に運ぶ。

幼い頃から「なっちゃんのママは美人だね」と友達から言われることが、ひそかな自慢だった。私の中では、ずっと「絶対的なおかあさん」だった人と、この夜は初めて「おんなどうし」の話をした。知らなかったことも多くて、目の前のこの人もただ、ひとりのおんなの人だったのだと、初めて気がついた。その夜は、一晩かけてふたりで2本の四合瓶を空けた。

「いつも見ていますよ」

翌朝チェックアウトをする際、宿の人からかけられた言葉に、私よりも母の方が嬉しそうな顔を見せた。母は私がテレビ朝日に入社したばかりの頃、テレビに出てしまったら、危ない目に遭うのではないかと、かなり心配していたらしい。

結局これが、「宇賀」の名前で予約した、最後の旅になった。

カオスなハネムーン

2016年　8月　メキシコ

Mexico

空港からタクシーで40分ほど。明らかに窓の外の雰囲気が変わった瞬間があった。中世の風景が残る世界遺産都市グアナファアトは、メキシコで一番美しい街と言われている。石畳が続く町並みはどんなに歩き回っても飽きることがなく、写真を撮る手が止まらない。高台から見下ろすと、青い空に色とりどりの建物が映えて、眺めているだけでパワーがみなぎってくる。

結婚が決まってから、初めてのふたり旅。いわゆる新婚旅行と称した旅に出ていないので、実質、これがハネムーンだったのだろう。

グアナファアト大学の本館前の石段で写真を撮ろうとしていると、ひとりの男性に話しかけられた。

「ニホンジンデスカ?」まさかこんなところで日本語で話しかけられるとは思わなかったので、驚いていると「僕はこの大学の日本語学科で、日本語を勉強しています」と続けた。朝日新聞と読売新聞を毎日読んで勉強しているという彼と、そのまましばらく立ち話をして、連絡先まで交換した。夫は妙に人懐っこくて、誰とでもすぐに仲良くなれる。日本にいる時も感じていたけれど、異国の地に来てもそれは変わらなかった。

ある土産物店では、ピンクのニットを着た可愛いおばあちゃんに気に入られて「わざわざ来てくれたんだから、持っていきなさい！」と言われ、お皿やコップをたくさんもらっていた。「あなたは、もう私の孫よ！」とまで言われていて、なんだか羨ましくなった。

続いてメキシコシティへ移動した。治安が悪いと聞いていたけれど、中心部はスーツを着たビジネスパーソンも多く、丸の内のようなイメージ。危険だからやめた方がいいと言われたけれど、どうしても乗ってみたかったので地下鉄に乗った。数十円の切符を購入してホームに降りると、ちょうど電車の扉が閉まりそうになっている。急いで駆け込むと、背負っていたリュックが挟まれてしまった。「どうしよう！」と焦っていると、周りにいた人たちが力いっぱいドアをこじ開けて助けてくれた。

観光客が訪れるべき場所をたくさん巡ったけれど、中でも国立宮殿に残されている、ディエゴ・リベラの壁画は圧巻だった。紀元前の文明から、植民地時代を経て、独立。メキシコの歴史は長くて重い。今でもその重みをしっかりと感じられるものが残っているのが素晴らしい。

翌日は、メキシコを代表する画家のひとり、フリーダ・カーロの博物館へ向かった。彼女が生まれ育ち、夫のディエゴ・リベラと共に長年暮らした真っ青な家に、彼女の波瀾万丈な人生を描いた作品の数々。全てから強い意志を感じて、しばらく動けなくなってしまった。

おしゃれなレストランやカフェが並ぶローマ地区で、早くから営業しているバーに入った。そこで働いていたコロンビア人は日本が大好きだそうで、日本のアニメや漫画の話で盛り上がった。自分の名前を漢字で書いてほしいと請われ、無理やり当て字をしてナプキンに書く。すると、他の従業員も次々とやってきて、自分の名前も書いてくれと頼まれる。自分たちの文化が新鮮に受け止められる時間は、新しい発見が多くて面白い。

その夜、夕食を済ませてホテルに戻り、最後に少しだけバーに寄ろうと席に座ると、アジア系の女性がヒールの音をコツコツ響かせて歩いてきた。

「あなたたち、どこから来たの？　日本？　韓国？」

日本から来たと答えると、「このバーにアジア人がいるのは珍しいわ」と言ってどこかへ行ってしまう。気にせずメニューを眺めていると、今度はいきなりテーブルの上にふたつのシャンパングラスが置かれた。

「一緒に飲みましょう！」

イエスともノーとも言っていないのに、すでに向かいの席に腰掛けていた。中国で会社を経営しているという彼女は、パートナーと旅行中で、このホテルに泊まっているらしい。かなり押しが強いけれど、なんだか面白そうなので交ざってみることにした。夫も好奇心が勝るタイプ。ふたりで奥のVIP席についていくと、そこには大柄な白人男性が座っている。そのイスラエル人が、彼女のパートナーだった。他にもカナダ人の歌手だという男性や、メキシコで会社を経営しているという男性が集まってきた。これはもう逃げられない。私はなぜか、お酒に酔った方が流暢に英語を話せるので、とりあえず飲むことにした。シャンパンで乾杯した後は、1杯数万円もするラムを勧められる。「これって、請求されないよね？」ドキドキしながら口にすると、びっくりするほど美味しかった。

ふと気がつくと、夫はイスラエル人男性の肩を揉んでいた。どうやらこれが好評だったようで、今度はふたりで肩を組み乾杯している。すると、どこからともなく人が集まってきて、どんどん仲間が増えていった。皆で酔って盛り上がり、それぞれの国の国歌をYouTubeで流して歌うカラオケ大会まで始まった。バーの営業時間はとっくに過ぎていたのに、おそらく常連なのだろう。スタッフは何も言わずに、淡々とお酒を運んでいた。

翌朝気がつくとベッドの上で倒れるように寝ていた。微《かす》かな記憶で、誰かが「明日の朝、一緒にブレックファーストをしよう」と言っていたような気がする。急いでシャワーを浴びて1階のレストランへ向かったけれど、昨日のメンバーは誰ひとりいなかった。重い頭をなんとか支えながら、コーヒーを飲む。周りは朝から仕事の打ち合わせをしているビジネスパーソンが多く、ボサボサ頭で二日酔いの自分が恥ずかしくなった。昨日の夜の出来事が、夢のように思えた。

その日の午後、空港へ向かっていると、知らない番号から夫に電話がかかってきた。もしかして……。出てみると、昨日のイスラエル人だった。

「もう帰るのか？　今すぐキャンセルしなさい。私が自家用ジェットで送ってあげるから！」

矢継ぎ早にそんなようなことを言われたけれど、さすがに丁寧に断った。

「僕たちには大事な仕事があり、すぐに帰らないといけないんだ」

昨日のお礼を順番に伝えて、電話を切ろうとすると、相手の周りから「I miss you!《アイ ミス ユー》」「See you again!《シー ユー アゲイン》」と声が聞こえてきた。

たぶん、もう会うことはないと思う。でも絶対に忘れない。そんな誓いを込めて、電話の向こうに「See you!《シー ユー》」と放った。


この旅は最後の最後まで、刺激に溢れていた。

空港に着くと、カウンターには長蛇の列ができている。よくよく話を聞いてみると、システムダウンをしたので手作業でチェックインをしているとのこと。飛行機の離陸は大幅に遅れ、アメリカのヒューストンで乗り継ぐはずだった便は、先に飛び立ってしまった。

一気に現実に引き戻された。日曜日の朝に着くように帰国する予定が、このままだと月曜日になってしまう。月曜日の朝には『モーニングショー』の生放送があるのだ。

ヒューストンの空港で、航空会社に、必死に訴えた。

「私はどうしても月曜日の朝に東京にいないといけないの！」

カウンターの女性は両手をあげて困り顔。その直後、何かが閃《ひらめ》いたようにキーボードを叩き出した。

「ここで9時間待ってLAまで飛んで、そこから羽田行きに乗れば、午前5時に着けるわ！」

ヒューストンでの9時間は、不安な気持ちから、一層長く感じられた。万が一のことを考え、プロデューサーと部長に電話をした後は、ひたすら待つしかない。入社してからこれまで無遅刻無欠席でやってきたのに、こんなことで穴をあけてしまったらどうしよう……。気が気ではなかった。

ふと隣に座っている夫を見ると、新しい帽子を被っている。

「ヒューストン・アストロズの帽子、買っちゃった！」嬉しそうに笑っていた。そして「なつは本当に仕事が好きだよねぇ」と呟《つぶや》いた。

夫はいつも通り何があっても動じずのんびりしている。そして、さすがによく私のことをわかっている。

その通りだった。すっかり慣れてしまっていた毎日の生放送が、どんなに大切で失いたくないものなのかを痛感した出来事だった。

結局、予定通り乗り継いで羽田には4時30分に到着。一度家に帰ってシャワーを浴びてから出勤して、無事放送を終えることができた。

海外旅行の場合は、余裕を持って帰国しよう。

ほとんどの大人はとっくに気づいていたであろうことに、ようやく気がついた。

なんでも食べる

2017年　8月　バンコク

Bangkok,Thailand

暑い時期になると無性にタイ料理が食べたくなる。それならばいっそ、本場の味を確かめに行こう！　そうして決めた行き先が、バンコクだった。旅先には、その地が舞台になっている小説を持っていくことが多いけれど、この時は、宮本輝『愉楽の園』を選んで持っていった。

今回は食をメインに、あとはゆっくり本でも読んで、日々の疲れを癒そうと思っていた。

初日は、まずカオマンガイの専門店へ向かった。

そこに暮らす人々と同じ空気を吸い、同じ景色が見たいので、旅先ではなるべく公共交通機関を使うようにしている。地下鉄を乗り継いで、最寄り駅で降りてから10分ほど歩くと、ようやく見つかった。幹線道路沿いのビルの1階にある店は、半分くらいの席が地元の人たちで埋められている。

早速席について注文すると、5分と経たずにカオマンガイがやってきた。茹でた鶏肉と揚げた鶏肉が、ご飯の上にドーンとのっている。2種類のタレがついていて、鶏肉につけながら味わう。口に入れると、しっとり柔らかな鶏肉が、硬すぎず、柔らかすぎないご飯と絶妙なバランスで絡み合った。これでたったの150円！

夜には、観光客もたくさん集まる混雑したシーフードレストランへ。目につくものを片っ端から注文した。一番印象に残ったのは、まるごと揚げた白身魚に辛いソースがかかった料理。クセになる辛さがたまらない。魚をかじってはシンハービールを流し込み、少し辛さが落ち着くと、またかじってビール……。このループを、ずっと繰り返した。

もう一軒、帰りがけに勢いで入ってみた居酒屋風の店は、かなり混みあっていたけれど、おそらく観光客は私たちだけ。店員はクールで、英語もギリギリ通じるか通じないか。これは当たりだと思った。異国にやってきて日本語のメニューが置いてあると、むしろがっかりしてしまう。せっかく海外にやってきているのだから、言葉は通じなくて当たり前。なんとかジェスチャーでオーダーした。

しばらくして運ばれてきた鶏皮は、これまた最高！　パリパリで味が濃くて、いつまでも食べていられる。２軒目なので、少しずつつまみながらゆっくりお酒を飲むことにした。周りの人たちは何を話しているのかはわからなかったけれど、誰もが楽しそうに笑いながら食事している様子を眺めているだけで、幸せな気分になった。

もともと胃腸は強いらしい。翌朝も体調はバッチリで、泊まっていたホテルのプールで軽く泳いだ。少し疲れたところで、プールサイドベッドに横たわり、本を開く。本当は朝食に出かけようと思っていたのに、あまりに面白くて、そのまま数時間読み続けてしまった。

『愉楽の園』は、バンコクで繰り広げられるラブストーリー。東南アジア独特の喧噪と、うだるような暑さと、スパイスの香りが漂ってくる物語だった。登場人物が、すぐそこにいるような錯覚に陥る。小説の世界と現地の空気が相まった、旅先でしか味わえない読書の時間が持てた時は、旅が2倍楽しくなる。

小学生の頃から、読書が好きだった。まだひとりでは何もできないちっぽけな存在だからこそ、本の中で、時空も国境も超えて、全く知らない世界を旅することが快感だった。ご飯を食べて体が作られるように、物語を食べて心を作ってきたような感覚がある。

近くのショッピングモールで、昼食をとることにした。

フードコートに行って席を確保すると、隣の席にはマクドナルドのハンバーガーを食べている2人組。ポテトの香りにそそられるも、せっかく来たのだからと、お目当てのトムヤムクンを注文する。フードコートとは思えないほど美味しいという情報を、事前に入手していた。ひとすすりしてみると、やはり美味しい。濃厚なスープは、酸味も甘味も辛味も全てきちんと感じられ、やみつきになってしまう。

その日の夜は、おしゃれなホテルの中にあるレストランへ。ノスタルジックな雰囲気の店で、少しずついろんなものを頼んでいく。ガイヤーンやオムレツ、パッタイなどを、じっくり時間をかけて味わった。この店では、ビールではなくワインを飲む。スパイスやハーブの香りに、ワインを合わせるのが好き。とても贅沢な気分になった。前日と同様、胃もすっかり満たされたのに、お会計はなんと、ひとり2000円！　こちらも申し訳なくなるほど、安かった。

翌日は飛行機に乗って、サムイ島へ移動した。高級ホテルが多い洗練されたビーチリゾートにある、海を見下ろす高台のプールで、ただぼんやり漂うことにした。プールサイドでは、またビールにサンドイッチ。たくさん食べていると、どんどん胃が大きくなるから不思議だ。

音楽を聴きながら時折うとうと昼寝をし、また本を開く。

ふと、人生も作り話だなと思った。自分という主人公が、どんな格好でどんな場所でどんなことをするか、毎日自分で決めているのだから、今私がサムイ島のプールサイドで寝転んでいるのも、私が作り出した物語の一部なのだ。どんな仕事をして、どんな家に住んで、どんな恋をするのかも、全て自分で作り出してきた。だからこそ、これからも迷わないように、たくさんの物語を食べていく必要がある。

ロマンチックとは言い難い、食メインの旅。ヒロインは少し太ってしまって、帰る頃には顔がパンパンになっていたけれど、これも私らしい物語だと思えた。

境目のない世界

2017年　2月　スリランカ

Sri Lanka

泊まりたいホテルから、旅先を決めることがある。父の影響で、10代の頃から建築が好きだったけれど、アジアのリゾートをいくつか訪れて、インフィニティープールにすっかり魅了された頃、建築家ジェフリー・バワの名前を初めて知った。スリランカの裕福な家庭に生まれて弁護士となった後、30代後半から建築を学び、世界的に有名な建築家となった人物。彼の作品の写真を観て、どうしても訪れたいと思うようになった。


まだ日本には寒さが残る2月。遅めの冬休みにスリランカへ飛んだ。

まずは中心都市のコロンボ。ごちゃごちゃした問屋街を歩いていたと思えば、いつの間にか高級住宅地に入っている。ちょうど生まれ変わっている途中というこの街は、活気に溢れていた。20円ほどの切符を買って乗った列車には、枠だけあって窓もドアも付いていなくて、そのまま目の前の海に飛び込めそうだった。

この街には「ナンバー11」という、バワの自宅兼仕事場があり、予約をすれば見学することができる。ドアを開けて中に入ると、いきなりアンティークのロールスロイスが置かれていた。これは、実際にバワが使用していたものらしい。正面には真っ白な空間が広がっていて、中庭のようにところどころが吹抜けになっていた。あちこちに光が差し、風が抜けていく。壁画や手すり等、全てが芸術品で、こんな家に実際に暮らしていたんだろうかと、疑いたくなる。スリランカの気候だからこそ作れる家だった。

次に向かったのは、ゴール。ヨーロッパの大航海時代の影響を受けた旧市街と、街を囲む要塞は世界遺産に登録されている。メインゲートをくぐるとコロニアルな街並みが続き、教会もモスクもある。時代によって、様々な影響を受けてきたことがわかる。まるで時が止まったおもちゃ箱のようだった。

ここでは、バワの晩年の傑作と言われる「ジェットウィング・ライトハウス」に泊まった。海岸や崖や草木はそのままに、自然に作り足していくような感覚だろうか。光や風の通り道が計算されているのだろうけど、それを感じさせない。海からあがって、そのまま浜に腰掛けたようなホテルだった。

2日間ずっと、朝から晩まで海を眺めていた。夜明けには曇っていても、昼前には必ず晴れた。時々プールで泳いで、本を読んだ。テラスで食事をしていると、リスがおこぼれにあずかろうと近づいてくる。ここでは動物ものびのびしていた。

そして、最も泊まりたかったホテル「ヘリタンス・カンダラマ」を訪れた。鉄道や高速道路は延びていないので、車で5時間ほど走り続ける。途中から、どんどん森の奥へ入っていくので、こんなところに本当にホテルがあるのだろうかと、少し不安になった。すると急に、奇妙な鳴き声が響いた。運転手が「ピーコックだよ」と教えてくれる。生まれて初めて、野生のクジャクを見て興奮した。「たまにエレファントもいるから、気をつけてね」と付け加えられたけれど、どうやって気をつけたらいいのかわからない。とにかく、そこは森の奥だった。

お目当てのホテルは、想像以上だった。岩がゴロゴロと放置され、ツタがそこらじゅうに垂れ下がっている。廊下は真っ直ぐでないといけないなんて、崖はむき出しじゃいけないなんて、そもそも決まっていなかったのだ。主役はあくまでこの森の自然で、ホテルはその邪魔をしないように建てられていた。朝日も夕暮れも夜の闇も、全て「そのまま」だった。どの時間も初めて見る景色ばかりで、夢中で一眼レフのシャッターを押し続けた。部屋のベランダには、たくさんの動物がやってきた。目覚めた瞬間から、いつも誰かの鳴き声がした。人間と動物、自然が一体になっている。きっと、これが本来あるべき姿で、境目を勝手に作ったのは私たちなのだろう。

最後の日には、世界遺産「シギリヤ・ロック」へ行った。断崖の上に築かれた王宮の頂上までは、約１２００段の階段を上っていく。タクシーで入口まで到着すると、長蛇の列ができていた。スリランカでは、満月の日は祝日らしく、ちょうど重なってしまったようだった。

通常は40分ほどで頂上に辿り着けるのに、倍以上の時間がかかってしまった。スリランカの人たちは、ニコニコ笑いながら、少しでも隙間があれば割り込んでくる。いつの間にか先を越されていたなんていうことが何度もあった。いつからか、旅先ではイラッとするシーンも面白がることができるようになった。生きている環境が違うし、そもそも人なんて、皆違った生き物なのだ。

旅先で培ったこの感覚は、日頃の人間関係にも活かせるようになった。これまでも、相性が良くない人、どうしても好きになれない人はいた。きっと向こうも、同じように感じていたと思う。でもある時、ふと気がついた。意地悪な言い方になるけれど、わざわざ嫌うほどの価値がある人なんて、ほとんどいないと思ったのだ。

嫌いな人を意識するとストレスになる。それでは自分が損するだけ。どうせ一緒に働かなくてはいけないなら、わざわざ嫌わずになるべく良いところを見つけ、その部分だけに集中して、あとは一切気にしないようにしてみた。すると、少しずつ苦手ではなくなって、好きになれることまであった。

いい人ぶりたいわけではない。あくまで自分のため。これはあらゆることに応用できた。目に見えないことは、気にしなければ、ないのと同じ。こちらが相手にしなければ、嫌なことも自然と逃げていくから不思議だ。

なんとか辿り着いた頂上から、雄大な景色を見渡した。なんとも晴れやかな気分。そのまま寝転がって空を見上げると、ほどよい疲労感と達成感に包まれて、少し眠ってしまった。

ホテルに戻ってゆっくりワインを飲みたい気分になったけれど、満月の日は禁酒する風習らしい。お酒は売ってもらえなかった。でもそのおかげで、最後の夜を満喫することができた。

5章

新天地　new world

旅立ちの日

2019年　3月　六本木

誰もいない真っ暗なスタジオに、ひとりで立ってみた。普段は大勢の人が集まり、それぞれが力を注ぎ込んで番組を作っている空間なだけに、こうしてひとりでいると、より孤独を感じる。ここにはいつも、カメラさんがいて、照明さんがいて、音声さんがいて、共演者の方々がいて、そして、カメラの向こうには、たくさんの視聴者の方々がいた。

２０１９年3月末日、私は10年勤めたテレビ朝日を退社した。

前年の6月にベトナムで会社を辞めることを心に決めた後、その年の9月に夏休みを取っていた羽鳥さんの代役を１週間務めた。もちろん羽鳥さんには到底及ばないけれど、自分なりに工夫をして、２時間の生放送を采配できた感覚があり、放送後には毎日充足感で満たされた。でも同時に、このままテレビ朝日にいても、羽鳥さんになれるわけではないと思ってしまった。代役最終日の9月14日金曜日。生放送を終えた後、アナウンス部長に「来年の春に退社したい」と伝えた。決してネガティブな理由ではなく、全ては自分の人生をより豊かにするため、もっと幸せになるためだと、じっくり話をさせてもらった。退社後は、どんな組織にも所属せず、フリーランスとしてひとりでやっていきたいことも伝えた。

去る側の身勝手な思い込みで、きっと引き留められるだろうと思っていた。でも、部長はしばらく悩んだ後、「わかった。応援する」と言ってくれた。

その日は雨が降っていたのに、会社を出る頃には空から光が差してきた。久しぶりに、心の底から晴れやかな気持ちになった。

そこからじっくり時間をかけて、社内の上司や共演者の方々に順々に報告をして、年が明けた1月には、番組内で自分の口から退社を報告した。私なんかが生意気に独立したいだなんて言い出して、きっと怒られたり嫌われたりするんだろうなと覚悟していたけど、ひとりひとりに丁寧に気持ちを伝えていくと、皆応援してくれた。結局、誰からも慰留されることはなかった。

ただ一点、ほとんどの人に心配されたのが、ひとりでやっていくということ。アナウンサーが局を離れると、芸能事務所に所属するパターンが多く、実際に私も、退社の意思を周りに伝え始めると、いくつかの事務所からお声がけいただいた。「どこでもいいから、業務提携でもいいから、お世話になった方がいい」皆、口を揃えて言った。

それでも、私の心は決まっていた。

「本当の意味でのフリーランスになる。自分の会社を立ち上げたい！」
独立するにあたって、改めて自分のことを見つめ直した。小学生の頃からずっと続けてきたことだから、難しくはなかった。私の強みは何かを考えた時、それは、10年間会社員をしてきたことだと思った。

これまでもひとりで移動して取材をしてきたし、自分で電話を受けたり、メールしたりすることにも抵抗はない。社会人としての基本的な知識はあるはずだから、ひとりで独立した方が、より自分らしく自由に働けると思った。

また、会社員時代は、自分の意志で担当番組や勤務時間を決められることはなかったので「置かれた場所で咲く」ことを精一杯頑張ってきたけど、土日に大事な予定があっても仕事が入ってしまったり、反対に、本当は受けたかったのに勤務時間の問題で受けられなかった仕事があったり、悔しい思いをしたこともあった。だからこそ、せっかく独立するのであれば、誰にも気兼ねせず、働き方生き方の全てを自分の責任で決めてみたかった。

それに、芸能事務所に入ってしまうと、いつかしんどくなるだろうと思った。これまで、第一線で活躍されているタレントさんや俳優さん、芸人さんとたくさんお仕事をしてきたからこそ、私は彼ら彼女らのようにはなれないことがわかっていた。表に立つ人間としてだけ必要とされたら、もっと目立たなければいけないとか、もっと売れなければいけないとか、余計な考えが働いて、本当の自分の気持ちが疎《おろそ》かになってしまうだろう。

営業して仕事を見つけ、スケジュール調整もお金の管理も行う。これまでしてこなかった仕事をすることで、新しい視点が生まれ、世の中をもっと知ることができる。そうすればまた、新しい何かにつながっていくだろうと思った。

知らないことを知りたい。見たことのないものを見たい。これから、人生をかけた取材に出ようとしていた。どんなに無謀だと言われても、やってみたいのだから仕方ない。もう二度とテレビには出られないかもしれないと覚悟もしていた。

番組内で退社を発表してからの2ヶ月間、手紙やメール、SNSへの書き込み等で、私にはもったいないくらいの温かい言葉をたくさんいただいた。3年半前に『モーニングショー』が始まった時には否定的な意見ばかりだったのに、ちゃんと見ていてくれた人が、こんなにもたくさんいたのだ。この10年間は間違っていなかったと感じることができた。

そして迎えた、最後の日。

『羽鳥慎一モーニングショー』のエンディングで、羽鳥さんから挨拶するよう促される。この日の朝、誰もいないスタジオにひとりで立った時に溢れてきた気持ちを、マイクに乗せた。

「憧れていた世界に10年も立たせてもらったのに、私は今でもひとりでは何もできません。本当に無力です。アナウンサーになったつもりでいたけれど、周りの全ての人に、アナウンサーにしてもらった10年間でした」

番組を共に作ってきた仲間、視聴者の皆さんへ、きちんと思いを届けたいのに、感情がこみあげてきて、涙が溢れてしまう。私にとって、これが最初で最後の、局アナとして流した涙だった。

放送が終わると、たくさんの番組スタッフやアナウンス部の先輩後輩、同期たちが集まってくれた。大きな花束を持ったままスタジオを出て、ウェザーセンターからスポーツ局、情報番組のスタッフルームやアナウンス部へと、順番に挨拶に回った。これまでの記憶が蘇る。全て私の大切な場所だった。

夜には同期たちが送別会をしてくれた。出会った頃はまだ大学生だった仲間たちは、社内で責任のある立場になっていたり、今では転職していたり、起業していたり、父親母親になっていたり……。あっという間だったように感じる10年間は、しっかりと時を刻んでいた。

皆が待つ店へ向かう途中、アナウンサーとしてデビューした毛利庭園の桜の木の下に立ってみた。満開の桜がライトアップされ、その向こうには六本木ヒルズがそびえ立つ。言葉にできないほどキレイだった。10年前には、なんだか冷たく巨大に見えて、ひとりで迷い込んだように心細かったのに、今は優しくこちらに向かって微笑んでいるように感じられた。

不安はなかった。温かい気持ちで満たされた、幸せな夜。

ひとつの物語が完結したように思えた。

独立のプレゼント

2019年　4月　世田谷

「10年前の4月1日は、私はアメリカにいて、なつのデビューを誰かに送ってもらった動画で観たのを覚えています。みんな、就職してしまって、自分だけ学生のままで、毎日慣れない生活だった上に、なつが遠い存在になったような気がして、嬉しいし、すごいな、って気持ちと同時に、実は、なんだか悲しくて不安な気持ちになった夜でした。ふふ。」

独立記念日となった4月1日。大学の同級生の聖子から、こんなメッセージが送られてきた。

聖子こと、林聖子とは、入学前に行われるクラス分けのための英語の試験の時に知り合った。彼女は立教女学院出身のいわゆる内部生で、どこか大人びていておしゃれな第一印象だった。そこからなぜか気が合って、一緒にサークルを立ち上げたり、たくさん旅行をしたり、学生時代はずっと一緒。テレビ朝日のアナウンサー試験を受ける前の鬼怒川旅行に誘ってくれたのも、聖子だった。

彼女は4年生の時、奨学金を勝ちとってアメリカに留学したので、卒業は1年ずれてしまったけれど、帰国して卒業した後はファッション誌の編集部で働いていた。ちょうどその頃、私は『報道ステーション』を担当していたので、深夜に仕事が終わって午前中はゆっくりという生活スタイルが合うことから、また毎日のように一緒に過ごすようになった。深夜0時に渋谷で待ち合わせなんて、今では考えられないけれど、当時の私たちは、そこから元気に朝まで飲み歩いた。

社会人になって数年後、聖子はアクセサリーブランド『atelier ST,CAT』を立ち上げた。ライターとスタイリストと編集者を兼ねるような働き方をしていたので、てっきりそちらの方に進むのかと思っていたのに、いきなりアクセサリー？　ちょっとびっくりしたけど、彼女らしいと思った。

『ST,CAT』のイヤリングはたちまち雑誌にも掲載されるようになり、人気女優やモデルが身につけて表紙を飾るようなこともあって話題のブランドになった。私も身につけていると「それってSTですよね」と聞かれるようになり、なんだか誇らしかった。でも、人気になりすぎたことで模倣デザインが次々と生まれてしまい、心を痛めた彼女は彫金を学んで、『ST,CAT』を貴金属にこだわったジュエリーブランドへとリブランドした。その後、結婚・出産を経て、エンゲージリングの販売も始めた。常に、自分の心に素直に前進している。

実はこの『ST,CAT』というブランド名をつけたのは私。聖子だから「セイント」で［ST,］。彼女が猫っぽいから［CAT］。ブランドを立ち上げる時に相談され、何気なく提案したら気に入ってくれたのだった。

組織に所属せずに、自分で自分の道を選び活躍する彼女の姿は、ずっと眩しかった。また、彼女と3人でよく飲んだり旅行をしたりしながら夢を語り合ってきた、もうひとりの親友である白井雄樹も、同じく社会に出て数年後には独立し、今は西日本で食品工場を経営している。

業種は全く違うけれど、こんな仲間たちを近くで見てきたからこそ、独立するなら自分で会社を作りたいという気持ちが大きくなったのだと思う。「これからやっとふたりに追いつける」そう思っていただけに、聖子の言葉は意外だった。

会社を作ると決めた時には、迷わず聖子に連絡した。

「今度は私の会社の名前をつけてよ。」とメッセージを送ると、数分で返事が来た。

『aestas（アエスタス）』と、たった一言。

調べると、ラテン語で「夏」という意味だった。自分でも、私の名前「なつみ」から「夏」にまつわる単語は意識していて、イタリア語やフランス語で「夏」にできないかと探っていたけれど、すでに他の会社名や店名などで使われていた。その点、ラテン語は自分では思い浮かばなかった。


2019年4月30日。平成最後の日、彼女のアトリエに顔を出した。

「『aestas《アエスタス》』の宇賀なつみです！」

出来上がったばかりの新しい名刺を差し出した。『アエスタス』という言葉は、声に出してみると、より音の響きが力強く、前向きに感じられる。新生活の始まりを告げるのに、ふさわしい音だと思った。

切り拓きながらも、守っていく

2019年　1月　六本木

「続投だって。やったね。」

池上彰さんからメールが届いた。

退社を発表してから、それまで想像もしていなかったことが次々と起こった。もう二度とテレビの仕事はできないかもしれないと思っていたのに、2014年から続けてきた池上さんとの番組『池上彰のニュースそうだったのか!!』に、そのまま出演できることが決まった。

他局では、フリーになったアナウンサーがそのまま番組出演を続けているケースはあったけれど、テレビ朝日では近年例がなかったので、無理だろうと思っていた。それなのに、どうして？　理由はいまだにわからない。それでも、ある日突然それが決まった。ひとりでやっていくからこそ、応援しようと思ってくれた人たちがいたのかもしれない。なんの後ろ盾もない、力もない私にとっては、心の底から感謝したいことだった。

池上さんは、ＮＨＫを退局されたあと、ずっと個人事業主として活動されている。メディア出演だけでなく、連載を何本も抱え、大学の授業をいくつも持っていて、コロナ以前は海外取材も多かった。私が知っている誰よりも忙しそうなのに、いまだにスケジュールは手帳で管理し、請求書を作って持参するなど、全てを自分で行っている。数年前まで確定申告もご自身でされていたそうだ。

「それって大変すぎませんか？」と聞いたことがある。すると「全て取材だから」と、当然のようにおっしゃった。池上さんは、生粋《きっすい》のジャーナリストなのだ。

私も、メディアに出ることを軸にするより、どんなことも取材だと思い、自分事にすることで、知識と経験を増やしながら、伝え手として長く活動していきたい。池上さんと話をすることで、そんな思いが芽生えてきた。

本来、年齢を重ねることで言葉の重みも増していくはずなのに、メディア露出ばかりにこだわっていると、その機会は減っていってしまう。そうではないところで、きちんと自分の伝えたいことを伝えられる土台づくりをしていきたい。していかなければいけないと思った。

こんなに忙しい池上さんがやっているのであれば、私にもできるはず。退社を報告する際に、ひとりでやっていきたいことを伝えると「その方がいい。できますよ」と応援してくれた、唯一の人だった。

独立後は様々なジャンルのお仕事をするようになったけれど、私の中では『池上彰のニュースそうだったのか!!』があることで、自分がアナウンサーであることを忘れずにいられる。基本的な役割は、滞りなく収録が終えられるよう進行すること。実はオンエアではカットされているセリフも多いけれど、収録を円滑に進めることが仕事なので、極論私自身は映っていなくてもいいと思っている。全てのスタッフと一緒により良い番組を作り出すことが一番大切で、自分も制作側の人間であり、目立つ必要はないということを忘れずにいられるのは、この番組のおかげだった。

新型コロナウイルスが日本で最初に確認された時も、ロシアがウクライナに侵攻した時も、急遽生放送になった。今まさに動いているニュース、視聴者の皆さんが知りたいと思っているニュースを伝えられる。会社を辞めたあともそういったアナウンサーでいられたのは、実にありがたいことだった。

また、きっと最初で最後の冠番組になるだろう『川柳居酒屋なつみ』が、退社後にスタートすることになった。お酒が好きなこともあって、以前から「夜の『徹子の部屋』」のような番組をやってみたいと話していたことを覚えていてくれて、実現させてくれた人がいた。

樋口圭介プロデューサーは、私が初めて担当したバラエティ番組『初めて○○やってみた』

を企画してくれた人。入社してからの5年間、『報道ステーション』の仕事しかできず色々と思い悩んでいた頃、たまたま一緒に食事をする機会があって、話をしたことを覚えていてくれた。「『報道ステーション』を離れるなら、バラエティも解禁だろう」そう思って、企画書を書いてくれたらしい。

この一件で、思っていることは、口にすることが大事だと改めて知った。もちろん伝え方には気をつけなければいけないけれど、思いを口にしていれば、誰かが覚えていてくれて、チャンスをくれるということを知った。これは、後輩にも必ず伝えるようにしている。

新しい道を切り拓いてくれた樋口さんが、もう一度チャンスをくれた。チャンスというより、この上ないご褒美。こんなことがあり得るのかと信じられないくらいだった。どんな番組にするのか、衣装やセットから皆で話し合って決めていった。

私ひとりでは心もとないので、常連客という設定でムロツヨシさんに出演をお願いした。当時ムロさんは、ドラマ『大恋愛』がヒットした直後で、きっと受けてもらえないだろうとダメ元だったのだけれど、なんと、一緒に番組を作ってくれることになり、スタッフ皆で喜んだのを覚えている。ムロさんは、仲の良い人でも初対面の人でも、どんなゲストがいらしても、距離の取り方や言葉の選び方が秀逸で、毎回勉強させていただいた。最初の頃は緊張して毎回汗だくになっていたけれど、ムロさんがあの席に座っていてくれるだけで心強くて、安心した。

その1年後には、尾上松也さんが常連客を引き継いでくださった。スケジュールがびっしり埋まっている中でもいつも疲れを見せず、なんでも包み隠さず話してくれる。正直に語ってくれる姿勢に、何度も助けられた。ちょうどコロナ禍でお酒の場に行けなくなった時期だったので、毎回スタジオで松也さんと飲めるのが本当に楽しみだった。

当初は、半年続けば十分と思っていたのに、結果的に2年半もやらせていただいた。今振り返っても、夢のような時間だった。豪華なゲストの方々に来ていただいて、貴重な素顔を見せていただいたと思う。お酒を飲みながら話をすると、他のお仕事で共演した時とは比べ物にならないくらい距離が縮まり、素顔が見えて、さらにその人のことを好きになった。


退社した私を、在局中と同じように迎え入れてくれるテレビ朝日には、感謝しかない。私がテレビ朝日出身であることで恥をかかせてはいけないし、これからも絶対に失礼があってはいけないと思う。この看板はずっと背負っていこうと、勝手に決めている。

初めて他局に出演する時や、他局のレギュラー番組が決まった時などは、それぞれのタイミングで報告に行った。「もう独立したんだから、いちいち報告しなくていいんだよ」と皆笑ってくれたけれど、今の私があるのは１００％テレビ朝日に育ててもらったおかげだから、きちんとしたかった。

どうしたら恩返しができるのだろうといつも考えている。まだ答えは見つかっていない。でも、ひとまず「テレビ朝日とは条件交渉しない」と決めている。オファーがあれば受けるし、出演料も極端なことを言えばゼロでいいと思っている。さすがにゼロとは言われたことはないけれど、そのくらいの心構えでいる。それが自由にできるところが、フリーランスの特権でもある。つまり、今のところは「こんなに安く宇賀が使えるならラッキー」と思ってもらえる存在になるしか、恩返しの方法が思いつかないのだ。いつかは、テレビ朝日にプラスになるような何かをもたらすことができるようになりたいと思うけれど、それが何なのかはまだわからない。

道を切り拓きながらも、大切なものを守っていく。きちんと過去を振り返ることで、未来を描けるのだと思う。

「彼」のひとりごと

2019年　4月　上海

Shanghai,China

サザンオールスターズ『いとしのエリー』を歌い終わった父にマイクを渡される。小泉今日子『あなたに会えてよかった』のイントロが流れてきて、私は立ち上がった。時代が令和へと移る数日前。平成最後の旅は、人生初の父とのふたり旅になった。

せっかく会社を辞めてフリーランスになったのだから、3日間ほど空きができたら旅に出たい。急に思い立ち、建築の仕事をしていて、毎月上海へ出張に行っている父に便乗することにした。家族旅行には数えきれないほど連れていってもらったけれど、考えてみれば、父とのふたり旅はこれが初めてだった。

父は視察も兼ねて、毎回違うホテルに泊まっているらしい。今回は私がリクエストした「インターコンチネンタル上海ワンダーランド」に宿泊した。中心地からは車で1時間ほど。採石場跡にできたばかりのホテルで、ネット上で写真を見てから、ずっと気になっていた。確かに周りには何もないけれど、部屋に向かう時に地下に下がっていくのが面白い。ベランダからの景色はまさにワンダーランド。『インディ・ジョーンズ』の世界に紛れ込んだようだった。

日中は別行動をし、私は朱家角で船に乗ったり、上海中心地をぶらぶらしたりした。夜になって仕事を終えた父と合流し、彼の仕事仲間も含めて食事へ出かけた。本場の上海料理を頬張りながら、仕事について同僚と話をする姿を見ていると、20年以上一緒に暮らした彼の初めて見る表情だなと思った。

「父親を『彼』と呼ぶ人に初めて会いました」

新聞社の取材を受けている際に、記者の女性にそう言われたことがある。もちろん父本人の前では言わないけれど、人に父のことを話す時は、自然とそうなってしまう。これはきっと、彼の影響だ。

私が毎日、退屈で仕方なかった小学生の頃から、彼は「高校や大学まで進むと、楽しいぞ!」「どんどん世界が広がっていろんな人に会えるよ」と囁いてくれていた。

中学生の頃に、ドラマ『億万長者と結婚する方法』を観ながら、「お金持ちと結婚すれば楽に生きられるんだから、勉強なんかしなくていいじゃん」なんて私が言った時も、「自分の考えや知識のある本当に美しい人が、素敵な男性に巡り合えるんだよ」とさらっと諭《さと》してくれた。

思い返せば、10代の頃から特に門限もなく、勉強しろと言われたこともなく、のびのびと好きなことだけやってきた。お付き合いした彼も全て父に紹介してきたけど、どんな人とでもすぐ仲良くなってくれた。

「だって、別人格だから。子供は自分のものではないでしょ」

家族といえども、個人であることを尊重してきた彼。その影響なのか、おのずと私も彼を個人として見るようになった。父は私に何か伝えようとする時、説教めいたかたちではなく、さりげなくいい方向へと誘導するのがうまかった。いや、そもそも伝えようとしていたのか？　そんなに深い意味があったのかもわからない。とにかくいつも飄々《ひょうひょう》としていて、なんだか摑めない。父親らしくなかったけれど、それがよかった。


ワインを飲みながら、彼は音楽に合わせて体を動かしている。クラブとまでは言わないけれど、若者で賑わうバーに移動していた。ディスコ世代の彼は、爆音響く酒場にいるといまだに血が騒ぐらしい。若い頃から遊びは好きだったようで、夏はサーフィン、冬はスキーと、幼い頃からよく連れていってもらった。母はケガが心配なようだけれど、父は今、一度スノーボードをやってみたいらしい。

遊びも仕事も全力投球の性格は父譲り。真剣に遊び、真剣に仕事をしている彼を見てきたからこそ、大人になることへのマイナスイメージは一切なかった。むしろ、大人になることが楽しみで仕方なかった。

その後、日本人駐在員向けのスナックに流れて、カラオケをした。あらゆる遊びが得意です ぐにものにしてしまう彼だけれど、歌だけは全く上達しない。ホステスさんが苦笑いしている のを見て、申し訳なくなってしまった。


日本に帰国する飛行機を空港のラウンジで待つ間、ぬるいビールを飲みながら、彼はひとり ごとのように言った。

「60代になっても、20歳の頃と気持ちは変わらないから大丈夫だよ」

何が大丈夫なのだろうか？　よくわからなくて適当に受け流してしまったけれど「まだまだ 大人になるのは楽しいよ」とでも伝えたかったのだろうか。いや、そんなに意味があるわけな いか。

彼はやっぱり摑めない。

いつまでも少女のままで

――2019年　6月　半蔵門

『羽鳥慎一モーニングショー』で、退社の報告をしたのは、1月11日金曜日だった。テレビ局は、スポンサーや代理店との様々な調整ごとが必要なので、それまで退社について知っているのはごく一部の人だけだったけれど、番組で自ら話したことで情報解禁となった。

その日の夜、後輩を誘って飲みに行った場所で、初めて小山薫堂さんに出会った。

放送作家であり脚本家であり、くまモンの生みの親でもある薫堂さんのことを、私はもちろん知っていた。薫堂さんは、たぶん私のことを知らなかったと思う。私は顔を見た瞬間に気がついたけれど、向こうは男性ふたりで話し込んでいて、声をかけていいものやら悩んでいた。

せっかく春からフリーランスになるのに、ここで怖気づいてどうする！

グラスのワインを一気に胃に流し込み、勢いよく近づいていった。

「小山薫堂さんですよね？」とお声がけすると、一緒にいらした男性が「あ！　宇賀ちゃん‼」と声を上げた。

「今朝見たよ。会社辞めちゃうんだって？」

その人は、当時の日本郵便社長、横山邦男さんだった。

改めて自己紹介をして、会社を辞める理由や今後はひとりでやっていきたいことなどを話すと、薫堂さんに「フリーになって何が一番やりたいの？」と聞かれた。

「ラジオです！」私は即答した。

経験のないラジオへの憧れや音声メディアの今後の可能性など、これまでひとり思いを募らせてきたことを、この時初めて人前で話した。

すると、ふたりが顔を見合わせた。

「僕たち、4月からラジオ番組をやるんだけど、一緒にどう？」

信じられなかった。こんな奇跡があるだろうか。

よくよく話を聞いてみると、TOKYO FMの日曜日午後3時からの放送とのこと。私が敬愛してやまない山下達郎さんが長らく続けられている番組『サンデー・ソングブック』の、すぐ後の枠！　ときめきが止まらなかった。

その場で数分間盛り上がって連絡先を交換し、一緒に写真まで撮って別れた。しかし、1週間経っても2週間経っても、連絡がない。

酔った勢いで言ってしまっただけで、後悔しているのだろうか。それとも、もう忘れている？

こちらから催促するのもどうかと迷っていた、1月31日。薫堂さんからメッセージが届いた。

「ラジオ、いま会議で確定しました。毎週日曜日の15時から、38局ネット。スタートは4月7日です。」

こうして、念願であったラジオ番組『日本郵便 SUNDAY'S POST』が始まった。

「音と手紙で日本を旅する」をコンセプトに、全国の皆さんから届いたお手紙を通してその想いを伝えていく番組は、これまで自分がしてきた仕事と、これからやりたいと思っていた仕事を足したような、魅力的なものだった。フットワーク軽くロケにも出ていて、山口県の宇賀《うか》郵便局で一日局長を務めたり、宮崎に方言の取材に行ったり、和歌山へ梅の収穫を手伝いに行ったり、秋田へリスナーの女の子に会いに行ったりもした。

1年、2年と経つと「テレビ見てます」と言われるのと同じくらい「ラジオ聴いてます」と言われるようになった。声がいい、声が好きだと言ってもらえることが、こんなに嬉しいことなのだと初めて知った。


一緒に働いてみて改めてわかったけれど、薫堂さんは本当に忙しい。スケジュールは常にパンパンで、いつも全国を飛び回っている。「そんなに忙しくて大丈夫なんですか?」と聞くと「全部遊びみたいなものだから」と答える。責任の重い仕事をいくつも抱え、決して遊んでいるようには見えないけれど、確かにいつも楽しそうだった。

初めて事務所にお邪魔して会議に参加した時、番組の最後の提供読みについて、「普通に会社名を言うだけじゃつまらないから、全国の郵便局の人に出てもらったら？」と薫堂さんが言った。どうしてそんなことが思いつくんだろう？　まさに今閃いたという感じで、さらりと言うので驚いた。

「この番組は、そんな○○さんが働く、日本郵便の提供でお送りしました」

毎回郵便局で働く人のコメントの後に、私がこのセリフを言うことになった。今ではこれを楽しみに聴いてくれている人もいるらしく、他にはない提供読みになっている。


少しずつラジオにも慣れてきた6月1日。いつも通り収録を終えると、薫堂さんに「ちょっと別室で打ち合わせできる？」と聞かれた。そのままついていくと、辿り着いたスタジオにはひとりの男性が座っていた。わけがわからずそのまま立っていると、男性が顔を上げて立ち上がった。

「どうも。はじめまして」

その声を聞いた瞬間、驚いてひっくり返った。というか、正確にはひっくり返る瞬間、咄嗟《とっさ》にドアノブを摑んでなんとか倒れずに済んだだけで、おそらく「腰が抜ける」寸前だった。

目の前に立っていたのは、山下達郎さん。私が大ファンであることを知っていて、サプライズで会わせてくれたのだ。

薫堂さんはいつもワクワクしているように見えて、「あ、そうだ！」と閃いた時は、とても嬉しそう。あの企画力や発想力の原点は、人を楽しませたい、自分も楽しみたいという好奇心なのではないかと思う。それが周りに伝わって、皆が心地よく巻き込まれていく。そんな瞬間を何度も目撃した。最初は、距離の縮め方がわからなかったけれど、今では少年のように思えて羨ましくなることがある。

フリーランスとしてひとりでやっていくためには、なめられないように、隙を見せないようにしなくてはいけないと思い込んでいたけれど、薫堂さんに出会えたことで、そんなことはないのだと、すんなり方向転換ができた。

いつまでも少女のような心で、ワクワクしていたい。そのために、一歩を踏み出したんだと気づくことができた。

フリーランスひとり旅

2019年 5月 ハワイ

Hawaii,USA

会社を辞めて1ヶ月。私はそれまで経験したことのない、ゆったりとした時間を過ごしていた。朝明るくなってから起きて『モーニングショー』を観たり、夜家族とご飯を食べてから『報道ステーション』を観て寝たりする、いわゆる普通の生活を、社会人になってから初めて味わった。

それまでどんなにダイエットをしても痩せなかったのに、目覚まし時計をかけずに好きなだけ寝る生活をしただけで、あっという間に2キロ落ちた。肌質や髪質もみるみる変わっていき、長年悩んできた生理不順まで改善された。ずっとやりがいを持って仕事をしてきたけれど、もしかしたら、相当なストレスだったのかもしれない。自分でも気づかないほど、体に負担をかけてしまっていたようだった。

フリーランスになってから、とにかく最初は、レギュラー以外の仕事は入れないと強く心に決めていた。テレビ朝日のふたつの番組と、TOKYO FM。さらに、TBSラジオからもオファーをいただいたので、ラジオ番組がふたつ。この4番組だけに集中することにして、フリーランスとしての雑務に慣れる時間を作り、それ以外は、10年間のご褒美として、のんびりと過ごすことにしていた。

　実際に現場に行くのは月10日ほど。もちろんマネージャーはいないので、全ての連絡は私のところへ来る。休みにしたって、電話やメールのやりとりは多かった。独立直後は、一番話題性もあるので、とにかくたくさん仕事のオファーをいただいた。人気バラエティ番組のゲスト、話題のドラマへの出演、実は、ある局のゴールデンタイムのバラエティ番組から、レギュラー出演のオファーもあった。

　正直驚いた。個人で独立した私でも、こんなに依頼をいただけるなんて……。でも、きっと今だけ。興味を持ってくれている人がいることはとても嬉しいけれど、ここで飛びついてしまったら意味がない。お金を稼ぐためでも、有名になるためでもなく、より自分らしく幸せになるために独立したのだから、これからはもっと自分の心と体の声を聞いて、本当にやりたいことを選びとっていかないと意味がない。焦らずに、自分で自分を律することが必要だった。

　また、これは明確なルールがあるわけではないけれど、ふたつも番組を残してもらったテレビ朝日への恩義もあるので、少なくとも半年間は、他局へのテレビ出演は控えることを決めた。いただいたひとつひとつの依頼に、嘘偽りなく、正直な気持ちを伝えてお断りした。

これでご縁がなくなってしまう人もいるだろうけど、覚えていてくれる人もいるだろう。半年後には忙しくなるかもしれない。だとしたら、今のうちに海外へ行かなくちゃ！

気持ちは「10年間のご褒美旅行」に傾いていた。


もともと、行き先は直感で決めることが多い。たまたま読んでいた小説に出てきたからとか、たまたまお仕事で一緒になった人の出身地だったからとか、そんなことで決まってしまう。この時は、ふらりと立ち寄った本屋さんで目についた雑誌でハワイ特集をしていたので、急に思い立ってしまった。その日のうちに、ホノルル行きのチケットを押さえていた。

4度目のハワイ。空港の外へ出てハッと驚いた。ハワイの風はなんて優しいのだろう。そっとなでられて、全身の力が抜ける。そんなことを感じたのは初めてだった。優しい風に後押しされるように、ビーチ沿いのホテルへ移動する。

近場にせよ遠出にせよ、旅先では常に身軽でいたいから、荷物は最小限。プールや温泉にいつでも飛び込めるように、基本的にずっとすっぴんでいる。素顔のまま、早速海に飛び込んだ。空の青さが違う。久しぶりに頭のてっぺんまで海水に浸かって、心と体がさらにほぐれていった。

翌朝からは6時に起き、まだ誰もいない海へ行くのがルーティーンになった。寝癖のついた髪のまま海へダイブする。昼間は混雑しているワイキキのビーチも、朝は貸切で楽しむことができた。ひと通り泳いで疲れたら、部屋へ戻ってシャワーを浴びる。1984年に発売された、山下達郎さんのアルバム『Big Wave』を聴きながら、PCを開いてメールをチェックしたり、原稿を書いたりした。途中、ハワイのビール「BIG WAVE」で喉を潤すこともあった。これこそがリモートワークの醍醐味。なんて快適なんだろう。

そういえば、マレーシアのランカウイ島に行った時「いつか、プールサイドでビールを飲みながら仕事ができるようになりたい」なんて思ったけれど、またひとつ夢が叶っていることに気がついた。

作業はだいたい午前中に終わる。そこから何をするかは決めていない。本を読んだり、ショッピングしたり、自由気ままなひとり時間を過ごし、夕暮れ時になると、海沿いを散歩した。好きな音楽を聴きながら、オレンジ色に染まる空を見上げて、大きく深呼吸する。なんという贅沢だろう。

最後の朝は、海に漂いながらだんだん明るくなっていく空を見上げた。まるで地球の鼓動を聞いているような感覚だった。この空と海は世界中とつながっている。そう思うと、ひとりでいられる幸せがますます身に染みた。

ひとり旅の素晴らしさは、ひとりの時間を楽しみながら、ひとりじゃないと実感できるところだと思う。ひとりでいるからこそ、誰かのことを思う時間がたっぷりある。「久しぶりにあの人に連絡してみよう」「今度こんなことをやってみたい」思いついたことひとつひとつを、メモしていく。お世話になっている人たちの顔が次々に浮かんだ。今ここで、マイタイを飲んでいられるのも、たくさんの人のおかげなのだ。

東京に帰ったら、また楽しくなりそう。すっかりリフレッシュした心と体でいると、いい予感しかしない。海から吹く優しい風が、私をそっと包み込んでくれた。

幸せを作るマイルール

2019年 10月 シチリア

Sicilia,Italy

いよいよ私の番がまわってきた。ヨットの上でカウントダウンが始まる。

「3, 2, 1, go!!」

真っ青な地中海に飛び込んだ。冷たい海水に、一瞬体がびっくりするけれど、すぐに気持ちよくなる。水面に顔を出すと歓声と拍手に包まれた。

「しばらく停泊するから、泳いでおいでよ！」多分そんなことを言われた。イタリア語なのでよくわからなかったけど、そのまま自由に泳いだ。中学生の時、伊豆で2キロの遠泳に挑戦したことがあるから、足がつかなくても問題ない。

15分後に船に戻ると、フルーツが盛られた皿が机いっぱいに並べられていて、レモンチェッロで乾杯をした。

なんて素晴らしい日！　船の先端で風を受けながら、私の好きなことを再確認した瞬間だった。

「宇賀は、報ステやモーニングショーをやってきた自分を大事にした方がいいよ」

フリーランスになって半年が経ち、徐々に他局のバラエティ番組にも出演を始めた頃、こんな言葉をかけてくれたのは、テレビ朝日の先輩たちだった。もう社内の人間ではないので、こちらからリサーチするしかないと思い、バラエティ番組のプロデューサーたちに、率直な意見を聞いてまわると、皆口を揃えて「ちゃんとアナウンサーの仕事をした方がいい」と言ってくれた。

それ以降、生意気だけれど、かなり慎重に番組を選ぶようになった。バラエティ番組に出演すると、HP《ホームページ》のアクセス数やSNSのフォロワー数はわかりやすく増えるし、影響力は大きい。そのメリットは大事だけれど、アナウンサーを軸とした自分のやりたい仕事にそぐわないものは、勇気を出して断ることにした。

一番の重要なルールは、ネガティブな発信をしないこと。人を攻撃したり揶揄《やゆ》したりするような番組には参加しないし、本人不在の現場で、その人についてのコメントをするようなこともないように気をつけている。局アナ時代からずっと心に引っかかっていたことなので、ようやく自分の意志で選べるようになったのは嬉しかった。

反対に、やってみたいけれどなかなかできない仕事もあった。こんなに旅が好きなのだから、フリーランスになったら旅の連載がしたいと思っていたけれど、待っているだけでは当然オファーはなかった。

これは、自分から動かなくてはいけない。

そう思って、シチリアに来る前に、朝日新聞社へ行った。局アナ時代に連載をしていたこともあるし、紙面ではなくWeb上であれば、ページ数も決まっていないので可能性があると思った。結果的に、朝日新聞デジタル『& Travel』で、記事を書かせてもらえることになった。テーマは旅で、あとは自由。写真も自分で撮る。ゼロから全て自分で生み出せるこの連載が決まったのは、大きな財産だった。

願っていることは、口に出さなければ届かない。言うからには、いつでも話せるように準備しておかなければいけない。

「他局でレギュラー番組を持ちたい」

「マガジンハウスの雑誌でおしゃれな連載をしたい」

「ものづくりをしてみたい」

「ビールのCMをやりたい」

数えたらキリがないほど、やってみたいことがあった。もちろんどれも、すぐには叶わなかった。でも、いつ来てもいいように準備しながら、1年、2年と言い続けていると、不思議とご縁が生まれるのだった。

夢や目標を掲げることで、自分を奮い立たせるタイプの人もいる。それも素晴らしいと思う。でも私の場合は、明確な目標として定めるのではなく、「できたらいいなぁ」と思って口にするくらい。基本的には、今できることをやり、目の前のことをひとつひとつ楽しんでいれば、いつか必要なところに辿り着くと考えている。何でもかんでも叶うわけではない。だからこそ、「やりたいんです」と言いながら、できなくてもそれはそれでいいと思える状態をキープしておくことが、フリーランスには特に大事。結果を求めるより、過程を楽しむ方が、幸せに生きられると思っている。

イタリア人は本当に陽気だった。伝わっているかどうかなんて気にせずに、大きな声で楽しそうに喋る。彼らと同じように毎日シチリア産のワインを飲んで、ピザやパスタやリゾットを食べた。この場所にいると、太陽を近くに感じる。

崖に沿って建つホテルの庭に出ると、地中海を望むことができた。遠くからでも透明度がわかる。オレンジとレモンとブーゲンビリア。色とりどりの花や果物が視界に入り、なんだかパワーがみなぎってくる景色だった。

優しい人、美味しいもの、楽しい場所……。誰にも必要とされないかもしれないけれど、私はやっぱりポジティブなことを発信していきたい。恥ずかしげもなく、この世界は美しいんだと伝えていきたいと思った。

とにかくマイペースでいこう。四六時中私のことを考えている人なんて、私以外にいないのだから、自分で自分を幸せにしてあげるしかない。

4度目の地中海。この海を見るたびに、私はより私になっていくのだった。

今だけでなく、未来を

――2020年　1月　外苑前

「宇賀さんと一緒に新しい番組を作りたいと思っています。」

独立して10ヶ月。新番組のオファーが公式HPに届いた。

毎週土曜日の朝の生放送。南海キャンディーズの山里亮太さんが、すでにMCとして決まっているらしい。これはまたとないチャンス！　でも、一瞬躊躇してしまった。関西テレビの番組なので、毎週大阪に行くことになるからだ。

ようやく自由な生活を手に入れたのに、毎週大阪となると、海外旅行は難しくなるなぁ。生意気すぎて申し訳ない。けれど、シチリアへの旅以降、やはり定期的に海外へ行って自分を見つめ直す時間が必要だと実感していたので、毎週の生放送はネックだった。それに、生放送に関しては局アナ時代にやりきった感覚もあった。とはいえ、興味はものすごくある。

「とにかく話を聞いてみよう！」

1月30日、外苑前のホテルのラウンジで、新番組のプロデューサーと演出のふたりと会うことになった。店に入ると、男性ふたりが立ち上がって迎えに来てくれた。そこでまず、その若さに驚いてしまった。てっきり40~50代だと思っていたのに、現れたふたりは同世代に見える。実際に名刺を交換して年齢を尋ねると、プロデューサーの大西文志郎さんは35歳、演出担当の吉川亮太さんは29歳だった。

私は早速、一番気になっていたことを単刀直入に聞いた。

「どうして私なんですか?」

この役割は、タレントさんや女優さんでもいい気がしたし、他にもアナウンサーはたくさんいるからだ。大西さんが間をあけることなく、言った。

「長く続けたいんです。宇賀さんしかいないと思ってます」

吉川さんも隣で頷《うなず》いていた。

「宇賀さんしかいない」という言葉が予想外に嬉しかった。他にも色々な理由を並べてくれたけど、「今」だけでなく「未来」を期待してもらえていると知ることができたのが嬉しく、大きな収穫だった。

そこから1時間、色々な話をした。新番組の内容はもちろん、ふたりの生い立ちやこれまでのキャリアのこともたくさん聞いた。歳が近いこともあってとても話しやすく、あっという間に時間が経ってしまった。番組にかける情熱も伝わってきた。

「このふたりと一緒に仕事をしてみたい」

これが決め手だった。店を出る頃には、それまで自分の中で引っかかっていたことが何だったのかも、思い出せないくらいだった。それに、12年間続いた『にじいろジーン』が終了し、新しい全国放送の番組がスタートするというのに、こんなに若いふたりに託そうとする関西テレビも素晴らしいと思った。

外に出ると、まだ1月とは思えないほど暖かい春の風が吹いていた。そのまま青山通りを歩いてみることにする。いつの間にか表参道を通り過ぎ、渋谷まで着いてしまった。また新しいことが始まる、ワクワクした予感で胸がいっぱいになった。

毎日がRPG！

2020年　4月　大阪

『土曜はナニする⁉』がスタートしたのは、コロナの影響がかなり深刻化し、初めての緊急事態宣言が出されたのと同じタイミングだった。そのため、感染対策でスタジオには山里さんとふたりだけ。これまでに経験したことのないパターンと1年ぶりの生放送で、初回の冒頭はかなり緊張してしまった。でも、隣に山里さんがいてくださる。徐々に緊張は和らいでいった。

山里さんのご活躍は、わざわざ説明する必要もないと思うけれど、どんなゲスト、どんな話題、どんな振りも、必ず拾い上げてスタジオ中を笑わせてくれる。実際に共演してみて、これほどの瞬発力や語彙力を持っている人は、他にいないのではないかと思っている。こんな心強い人の横で私が真面目に進行しても面白くないので、この番組ではできる限り細かいことを気にせず、リラックスして臨むようにしている。

この番組はスタッフもフレッシュ。最新の情報は勉強になるし、若いアイドルや俳優の皆さんと共演できる機会が増えた。夏を迎える頃には、自分のコーナーまで持たせてもらえるようになった。

「宇賀さんに、自由気ままに散歩してもらいたいです」

大西プロデューサーのこの提案に、最初は驚いた。

それまでは、ロケに行ってもメインとなるタレントさんがいて、その横で進行をすることが役割だったので、私がひとりで散歩をしたところで、何が面白いんだろう？　つまらなくて耐えられないんじゃないか？　という疑問しかなかった。それでも、「宇賀さんは他の人がいると引いちゃうから、ひとりがいいんです！」と言ってくれた。

こんな提案は初めてだったので、思い切って乗っかってみることにした。実際にロケが始まると、ひとりは思った以上に自由で楽しい。終わる頃にはいつも撮れ高が心配になるけれど、自分では気づかなかったような一面を拾い上げてくれて、毎回きちんと面白いＶＴＲにしてくれた。要らぬ心配をしてしまった。プロを信じて任せておけばいいんだ。

そうやって信頼関係がどんどん深まり、次はどこにロケに行くか、何をするかもスタッフと一緒に話し合うようになった。今では定期的に誕生日会や送別会をしたり、家にも遊びに来てくれるほどの関係性だ。

フリーランスになって以降、自由と引き換えに少しの孤独感があったけれど、レギュラー番組のメンバーに関しては、身内だと思っている。もともとテレビ局員だった頃の名残で、今でも制作のひとりとして、毎週の視聴率などのデータも送ってもらっている。このコーナーは上がった、何時何分が山場などと自分なりに分析することで、番組に参加している意識が高まる。一緒に番組を作っていく、その感覚が好きなのだ。

ある時、日本酒のイベントを通じて中田英寿さんとお会いする機会があり、『にほんもの』というプロジェクトのことを知った。中田さんはサッカー選手を引退されてから世界中を巡り、今は日本中を巡っているという。その土地に行ったからこそ見つけられた「にほん」の「ほんもの」。日本文化の素晴らしさを多くの人に知ってもらうための活動をされていた。

これを番組でできたら面白そうだと思った。メディア出演のイメージがない中田さんだからこそ、もし実現できたら話題になるとも思った。恐る恐るご本人に提案してみると「にほんものにとってプラスになるならいいよ」と言ってくださった。早速番組に相談をして、何度も打ち合わせを重ねてできたのが「にほんもの学校」というコーナー。中田さんが各地を巡る旅に、私もついていくスタイルで、あまり知られていない日本文化を紹介している。

『土曜はナニする!?』のおかげで、それまで知らなかった自分に出会うことができた。ひとりずつ味方を増やして、ひとつずつアイテムを集めていくと、想像もしていなかったような宝物を見つけられる。

今はまるでＲＰＧのヒロイン気分。毎日が冒険の連続だ。

新・おとな旅　with コロナ

——2020年　12月　城崎温泉

2020年はコロナの影響を大きく受けた年だった。不要不急の外出は自粛。飲食店へは時短営業要請。旅好きの私にとっては、しんどい時期だった。少し状況が落ち着くと、落ち込んだ経済を活性化させようと「GoToトラベル」が導入されたけど、最初はなんだかじたばたしているなと思った。でも、堂々と旅に出てくれと言ってもらえるのはありがたいこと。どんな制度なのか取材もしなくてはいけない。

『土曜はナニする⁉』の放送後、特急こうのとりに乗って、城崎《きのさき》温泉を訪れた。

城崎温泉駅で待ち合わせたのは、脚本家の60代女性と、ミュージシャンの50代男性と、起業家の30代男性。年齢も性別も職業もバラバラだけど、たまたまタイミングが合えばいろんなところに出かけている仲間。私にとっては、最高のお兄さんお姉さんだ。

まずは、創業300年の日本旅館「三木屋」にチェックイン。ここには志賀直哉が『城の崎にて』を書いた客室がある。中を見せてもらうと、緑溢れる庭とまるで一枚絵のように、整然とした静かな空間があった。文豪の面影がうっすら残る部屋を後にし、外湯めぐりへと出かける。

城崎温泉では、旅館の中にあるお風呂のことを内湯、外にある共同浴場のことを外湯と言い、浴衣姿のまま7つの外湯をまわることができるようになっている。浴衣に着替えて外に出ると、少し肌寒かった。12月は日が落ちるのが早い。

暗くなりはじめた道を歩いて、最初は「鴻の湯」に入る。夫婦円満・不老長寿・しあわせを招く湯という説明書きがあったからではないけれど、深めの湯船に浸かりながら、人生の大先輩に「結婚とは」「夫婦とは」について聞く。裸になると、誰しも本音が出やすくなる気がする。

温泉で温まった後には、外の気温がちょうどよく感じられた。下駄の音は、優しくゆっくり、カランコロンときれいに響く。そのまま、近所のお寿司屋さんへ入った。カウンターに4人並んで腰掛ける。ちょうどテレビでは、タモリさんが城崎へ来た様子が流れていた。こんな偶然が楽しい。大将とおしゃべりをしながら、土地の魚をいただく。旬の季節を迎えていたカニがとびきり美味しかった。

お腹いっぱいになって店を出ると、今度は「一の湯」に入る。夜遅くなっても、まだたくさんの店が開いていて賑わっていた。ついつい寄り道をして、お酒やおつまみを買い込んでしまったけれど、お会計は全て、ＧｏＴｏトラベルのクーポンで済ませることができて、かなり得した気分になった。

宿に戻ってからは、皆でワインを飲んだ。家のようにリラックスしてしまう。こうやって、年齢が離れていても仲間として受け入れてくれて、同じ目線で話をしてくれる先輩たちからは、学ぶことが多い。私が50〜60代になった頃、一緒に遊んでくれる若者はいるのだろうか？　突然誘っても、喜んでついてきてくれる誰かがいるのだろうか？　そんな大人になりたいけれど、なんだか自信がない。

その時、東京では耳なじみのない音がした。時刻は0時を回っている。外に出てみると、1台の車が止まっていた。側面には、赤く光る「ラーメン」という文字。すでにお腹は膨れ上がっていたけれど、この機会を逃すわけにはいかない。スタンダードなしょうゆラーメンを注文すると、運転席にいたご主人が後部の厨房へと移動して、手際よく手を動かした。完成したラーメンを受け取り、部屋に戻って皆でラーメンをすすった。さっきあんなに食べたはずなのに、するする入ってしまう。

翌朝は、宿の内湯に入ってから、また外湯の「御所の湯」へ向かった。1泊2日で合計4つの湯にしか入ることができなかったけど、それぞれお湯や建物に個性があって、十分楽しめた。

チェックアウト後、最後に、川沿いのカフェでセコガニのパスタをいただいた。カニが甲羅ごとドーンとのったクリーミーなパスタ。明日からはダイエットだと心に誓いつつ、夢中でフォークを動かした。

突然誘い、誘われて、現地集合・現地解散。コロナ禍に新たに覚えたのが、この「おとな旅」だった。できないことを嘆くのではなく、できることを見つける。どんな時でも、楽しんで生きることを教えてくれる人生の先輩方に、感謝の気持ちを込めて、最後の乾杯をした。

海を見る自由

2021年　4月　湘南

「どうせ旅ができないなら、とことん働こう」という気持ちになり、フリーランス2年目はめいっぱい仕事を入れてしまった。おかげさまでレギュラー番組も6本に増えていたので、1日3本の収録を掛け持ちしたり、月に1度も休みがないこともあった。

このご時世に仕事があることがとてもありがたいと思う半面、地下のスタジオに一日中こもって、朝も昼も夜も冷たいお弁当を食べていると、心は次第に荒《すさ》んでいく。フリーランス1年目は、月15日までしか仕事を入れないと決めていたのに、いつの間にかそのルールも忘れてしまっていた。気づけばやるべきことに追われ、昨日の天気も思い出せなくなってしまった。

そんな生活が1年続き、フリーランス3年目の春を迎えた。

その日は久しぶりの休み。あまりに天気が良くて気温も高かった。どこかに出かけたいけれど、百貨店でも映画館でも美術館でもない……。

ふと、海を見たくなった。

「大学生には海を見る自由がある」と話した人がいた。高校生までは、まだ保護者や学校の管理下にあり、社会に出ればまた、会社や組織に管理されるようになる。でも、大学時代だけは、授業も友人もアルバイトも自分で選ぶことができ、ふと思い立って反対側のホームの電車に乗って、海を見に行く自由があるのだと。

海を見る自由を取り戻したい。私は湘南に向かって車を走らせた。

平日の午前中、下り車線は空いている。お気に入りの音楽を聴きながら、高速道路を走った。ひとりの車内ではマスクをする必要がないから、それだけでも気分爽快。自由になった気分になる。茅ヶ崎海岸ＩＣを出て窓を少し開けると、潮の香りが漂い、おのずとサザンが聴きたくなる。眩しい日差しにサングラスを持ってこなかったことを後悔しながら、車を海岸沿いの駐車場に止めた。

スマホを見ると、車に乗り込む前にメッセージを送った友人から、返事が来ていた。「今から、そっち行く！　もし時間があったら会えない？」という誘いに対し、「じゃあ、ランチしよう！」という答えだった。

突然の誘いだから、既読にならなくても構わないし、断られて当然。だけど、思い立ったら誘ってみることにしている。たとえ会えなかったとしても、お互いの存在を思い出し、一瞬でもつながることができれば、それで十分。何度も連絡しているからこそ「たまには会ってあげよう」「今度はこちらから連絡してみよう」と思ってもらえる。私は決して友達が多いわけではなく、寂しがり屋なだけなんだと思う。

もちろん、一時期はとても仲良くしていたのに、疎遠になってしまった人もいる。連絡をしても返ってこなくなってしまった人もいる。忙しかったのかもしれないし、もうお互いに必要なくなったということなのかもしれない。それはそれで仕方がないと思う。それよりも、断られることや返事がないことを気にして誘わない方がもったいない。こうして会えるなら、ラッキー。こんなに嬉しいことはない。

湘南に住んでいる彼女から提案された海沿いのカフェに移動する。久しぶりに会った私たちは、それぞれ積もりに積もった話があって、喋り出したら止まらなかった。シングルマザーとしてふたりの子を育てている彼女は、大学の先輩でもあり、ファッション業界でフリーランスとして長く活躍してきたパワフルな女性。仕事の話も家族の話もなんでもできる姉さんだった。

青い空と眩しい太陽には似合わないような話題もあったけれど、私たちを遮るものが何もないテラスで、どこまでも続いていく海を見ながら話していると、自分の中でぐちゃぐちゃしていたものがぼろぼろと崩れて、浄化されていくのがわかった。

「余白がないと、楽しめなくなっちゃうよ」

彼女の言う通りだった。フリーランスの働き方には、正解がない。だからこそ、自分でその答えを見つけていかなくてはいけない。

私は、心の奥に何かが引っかかっている時に、海が見たいと思うのかもしれない。わずか数時間の滞在だったけれど、帰る頃にはすっかり元気になっていた。

せっかく手に入れた安定を捨ててでも、大きな責任をひとりで背負うことになっても、私は、海を見る自由を選んだ。こんなに大切なことを、どうして忘れていたんだろう。

フリーランス3年目は、もっと自由に生きよう！　そう心に決めた瞬間だった。

デジタルデトックスの旅

2021年　10月　青森

自分が満たされていて、幸せであることが大切。気分よく機嫌よく生きる方が、結果として人のためになる。「上機嫌は人間の最上の徳」とは、私の敬愛する小説家である田辺聖子先生の言葉だ。

私も常にそうありたいと思って生きてきたけれど、つい気分が落ち込んでしまうこともある。テレビ朝日時代から、番組へ寄せられるご意見には全て目を通していたので、否定的なことを言われるのには慣れている方だと思っていたのに、悪意のある切り取られ方をした記事や心ないコメントには、うっかり傷ついてしまうこともある。とはいえ、デジタルは切り離せない。いつでも誰かとつながることができる便利さを享受しながらも、何かに見張られ追い立てられるような感覚になることはたびたびあった。

リアルの世界を大事にしなければ……。

液晶画面の中の世界に囚われるのではなく、目の前で起きていることに五感を集中させたくなる。コロナも徐々に落ち着きを見せていた2021年の秋に、電波を放つものを一切遮断するデジタルデトックスの旅をした。

向かった先は、木々が色づき始めた青森。最初に、「ランプの宿　青荷《あおに》温泉」に宿泊することにしていた。東京から新青森まで新幹線で3時間。そこから車でさらに1時間ほど走った山奥に位置するこの宿には、スマホの電波が届かない。Wi-Fiもない。それどころかなんと、電気もないのだ。

渓流沿いにひっそりと佇む一軒宿は、入口から一気に大正時代にタイムスリップした気分になる。早速源泉掛け流しの湯に浸かる。無色透明で肌に優しいお湯に入りながら、川の流れる音に耳を澄ました。風が通り抜けていくのを頬に感じる。それだけで、何もかもを忘れられた。自然の中に裸で放り出されると、自分の無力さに気がついて、全てのことがどうでもよくなる。まさに無の状態になることができた。

暗くなってくると、ランプに明かりが灯る。客室にももちろん電気はなく、ランプがひとつだけ。暗すぎるので外に出ると、廊下や橋には、ぽつんぽつんと赤い炎が揺れていて、風情たっぷりだった。

大広間に移動して、夕食をいただく。全ての宿泊客がそこに集まり、中央に置かれた大きな鍋の中から、みそ汁やご飯をよそう。地元の食材を使った料理も、じっくりと味わった。岩魚《いわな》や山菜といった素朴な味わいのものばかりだったけれど、どこか懐かしく安心できる味だった。

電気が通っていないので、もちろんテレビはない。だからこそ、本を読もうと思って持ってきたのに、ランプひとつでは暗すぎて字が読めなかった。時計を見るとまだ19時半。普段なら、仕事が終わって家に着くような時間だけれど、やることがないのだから仕方ない。布団に入って眠ることにした。すると、そのままストンと眠りに落ちた。

夜中に一度、目が覚めた。時計の針は0時を指している。外に出てみると、部屋の中より明るくて驚いた。月がこちらを照らしていた。だんだん目が慣れてきたので、温泉に入ることにする。あたりはシンと静まり返っていて、一歩踏み出すごとに、自分の足音が大きく響いた。

浴槽を照らすのも、ランプひとつだけ。月を見上げながら、今度は露天風呂に入った。まさに非日常。いや、本当はこっちが正しくて、私の日常が間違っているのかもしれない。

翌日は朝食をいただいてから、酸ヶ湯《すかゆ》温泉へと移動した。ここで泊まったのも鄙《ひな》びた旅館。だけど、今度はコンセントも電波もあった。たった1日使わなかっただけなのに、前日の反動で興奮してしまった。仕事の連絡も少したまってしまっていたけれど、1日デトックスをしたおかげでいつもより処理が捗ったように思う。すっかり気分が晴れていた。

様々な情報が流れるからだろう。「自己肯定感を高めるにはどうしたらいいですか？」と質問されることがある。最近よく聞くようになったこの言葉に、私はいまいちピンときていない。もちろん自分を肯定することは大事だけれど、否定することも必要だと思うから。特に今は、フリーランスとして仕事をしているので、周りで否定してくれる人が極端に減った。だからこそ、ネガティブな意見にも目を向けるべきだと思う。それに、私のように人前に出て仕事をしている限り、そんなつもりは全くなくても、誰かを傷つけてしまうことがある。だからこそ、自分も傷つかないとフェアじゃない。大切なのは、どれが必要でどれが必要でない意見なのか見極めること。そして、自己肯定と自己否定のバランス。私の場合は7：3くらいがちょうどいいのかなと考えている。

全ては自分の心が決める。上機嫌は、性格ではなくテクニック。私は私の機嫌をとるために、旅を続けるのだと思う。

90歳でデビュー！

2021年　11月　六本木

コロナ禍でなかなか会えなかった祖母の90歳の誕生日。本当は親族皆で盛大に祝いたかったけれど、家族と相談をした結果、両親と妹と私でお祝いすることになった。遠出は色々と心配だけれど、食事だけで終わってしまうのも寂しい。そこで、5人で六本木のホテルに泊まることにした。

祖母は夜よりも昼にしっかり食べたいということで、ランチでお祝いすることに。父も私も仕事を休んだので、シャンパンをいただくことにした。ゆっくりと食事を楽しんだ後、部屋に移動する。

2021年の春から、ルームウェアブランド『sana me』のプロデュースを始めた。知人を介して「何かものづくりをしませんか？」という話をいただき、ルームウェアだったら作りたいと思った。これまでは、部屋着にそこまでこだわることはなかったけれど、コロナの影響で家にいる時間が増えたからこそ、誰かのためではなく自分のために、本当に着たいものを着て過ごしたいと思うようになった。

ブランド名の『sana me』は、ラテン語で「私の音」。心の声に耳を澄ませることの大切さを知ったからこそ、思いついた。素材やデザインにはこだわり、完全受注販売。商品をお届けするまでに時間がかかってしまうけれど、在庫を抱えないスタイルは、私たち制作側にとってもメリットがあるし、地球環境のためにもなる。繊維商材に強い伊藤忠商事と契約をして、販売をスタートさせた。

真っ白な状態から何かを生み出す、まさにゼロイチの作業。これが新鮮だった。どんなデザインにするか、どんな素材を選ぶか、どうやって商品を見せるか、値段はどうするのか……。商品が出来上がってからも、ＥＣサイトの確認や宣伝などで忙しい。やるべきことは山のようにあった。

これまでは、テレビやラジオなど、もうすでにたくさんのお客さんがいる大きな船に乗っかって仕事をしていただけで、そこにいれば、必ず誰かは気づいてくれた。でも、ゼロから何かを作り出すとなると「まず知ってもらう」ことから始めなくてはいけない。これがとても大変だった。だからこそ、これまでどんなに恵まれた環境で働いてきたのかを思い知った。

ちょうど秋冬の新作が出来上がってきた頃だったので、祖母にプレゼントした。幅広い年代の人に着てもらえるデザインにしたので、祖母にも似合うと思ったのだ。私のブランドと伝えると、より喜んでくれた。

祖母は久しぶりに会った私たちに、質問が止まらなかった。

「そのお洋服はどこで買ったの？」

「最近はどんなお仕事しているの？」

ひと通り、こちらへの質問が終わると、こう笑った。

「私ってほら、子供の頃は戦争じゃない？　そこからどんどん変わっていく世の中を見られて面白かったわよ」

祖母は昔からよく歩き、よく食べて好奇心旺盛。歳を重ねるごとに前進していて、驚いてしまう。50歳から英会話を習い始め、海外旅行にもたくさん行ったし、70歳で単身バックパッカーとしてイギリスをまわった。80歳からはボケ防止にと麻雀を始め、友人たちと楽しんでいる。私の好奇心旺盛なところは、祖母譲りなのかもしれない。

その後は、2部屋つながったコネクトルームでのんびり過ごしたり、サウナへ行ったり、プールで泳いだり、それぞれが思い思いに過ごした。夜にはまた5人でソファに集まって、遅くまでおしゃべりをした。

家族全員で一緒に眠るなんて、一体何年ぶりだろう……。安心していたのか、いつもより深く眠った気がした。

驚くほどリフレッシュして迎えた翌朝、私だけ早めに仕事へ向かわなければいけなかった。去り際に、祖母がこう言った。

「その時は、いつ来るかわからないけど、その時まで、元気で頑張るわね」

昔から大好きな、優しくて可愛い笑顔を浮かべていた。

数日後、『sana me』を着た祖母の写真を何気なく薫堂さんに見せると「おばあちゃん、ものすごく可愛いね！」と褒めてくれた。それだけでも嬉しかったのに、次に会った時にはなんと、「おばあちゃん、ファッションショーに出てくれないかな？」と驚きのオファーをしてくれた。

翌年の春、祖母は1日限定でランウェイへと姿を変えた丸の内仲通りをウォーキングした。たくさんの人に囲まれ、カメラを向けられても、背筋をピンと伸ばし、堂々としていた。コロナ禍で、迷いもあったと思う。でも、祖母は90歳でモデルデビューをしてしまったのだった。

奇抜な衣装に身を包み、派手なメイクをしてもらっている状況を、誰よりも面白がっていた。

ショーの後、楽屋まで様子を見に行くと、祖母はスタッフひとりひとりに挨拶をしているところだった。声をかけられた人が皆笑顔になっていく。90歳のおばあちゃんだから気遣ってくれているのは、もちろんわかっている。でも、それだけではない。祖母は昔から、周りの人を優しい気持ちにさせる不思議な力を持っていた。

私は何歳まで生きるだろうか？　祖母のように優しくて可愛くて、周りを笑顔にできるようなおばあちゃんになれるのだろうか？　長生きすることは簡単なことではない。でも、祖母を見ているとと楽しみになってきた。

「その時」は、まだまだ来そうにない。祖母はこれからも、私を驚かせてくれると思う。

朝一のゲレンデ

2021年　12月　ニセコ

まだ誰も滑っていないコースは、一晩降り積もった雪に覆われ、柔らかく滑らか。宙に浮いているような感覚になって、スピードが出すぎていることに気づかなかった。

2021年の大晦日、私は北海道ニセコのゲレンデにいた。

　スキーが好きだった父に連れられ、幼い頃から年越しはスキー場と決まっていた。高校の卒業旅行で初めてスノーボードに挑戦し、大学生になると、年に数回は大きなボードを背負って夜行バスに乗り、朝から晩までゲレンデで過ごすようになった。社会人になってからは数年に1度行く程度になってしまったけれど、コロナの影響で海外に行けなくなったことで、密になりにくいゲレンデに再び通うようになった。

　ニセコは3度目。最初はスポーツキャスターだった2013年に、ハーフパイプの平野歩夢選手の取材のために訪れた。ハーフパイプの会場はコースの途中にあるので、報道陣も皆板をレンタルし、機材を背負いながら滑って現場に向かう。同じくスノボ好きなディレクターさんとふたり、少しの空き時間に滑れるのが嬉しかった。

　あの頃のゲレンデはいつも混みあっていて、町中にも外国人が多く、夜遅くまで賑わっていた。この年末は、人が少なくてとても静か。これでも戻ってきた方だと言われたけれど、こんなニセコが見られるのは、今だけだと思った。

　宿に到着したのは夕方だったので、初日は温泉に入ってのんびり過ごした。翌日は、スノーボード好きが高じてニセコに移住したシェフと、一緒に滑る約束をしていた。普段なら昼前までゆっくり寝て、午後から滑り出すけれど、どうしても朝一がいいらしい。目覚ましアラームをセットして、早めにベッドに入った。どうかいい雪が積もりますように。そんな願いとともにに眠りについた。

翌朝、まだ外が暗い時間に目を覚ます。旅先だと早起きがつらくないのはなぜだろう。何枚も重ね着をして、マイナス10度の世界へといざ出発した。

ゴンドラが動き出す30分前。この時間に並んでいるのは地元住民ばかりだった。皆顔見知りのようで、そこかしこで挨拶が交わされている。寒さに耐えながらじっと待っていると、ようやくゴンドラが動き出した。20分ほどで到着した山頂は、周りがよく見えないほど吹雪《ふぶ》いていた。少し怖気づいていることを悟られないよう、ボードをセットする。

滑り方、忘れてないよね？　最初の1本は、いつも緊張してしまう。

音もなくボードが斜面へと滑り出した。最初のターンですぐに感覚が取り戻され、不安はあっという間に銀世界へと消えていく。まだ誰も滑っていない、まっさらでふわふわな雪の上。体が宙を浮いているような気分を味わっていると、大きなカーブに差し掛かった。雪のしぶきが舞う中を突っ切っていく爽快感は、この上ない。もう恐怖心はみじんもなかった。

朝一のゲレンデは、大してうまくもないのに、ものすごく上達したような気分になる。あとで冷静に振り返ると、怖くなるくらいのスピードで滑っていた。そのまま一気に滑り降り、続けて2本目。今度は、すでにたくさんの人が滑った跡があり、雪が硬くなってしまっていた。地元の人が朝一のゴンドラに並ぶ理由がよくわかった。

大きな山を滑り降りてくるので、何本か滑ればもう満足。お昼前に切り上げて、おそば屋さんでカレー南蛮を食べた。甘辛い汁をすすると、じんわりと体が温かくなる。これが、今年の年越しそば。いい汗をかいたあとの食事は格別だった。

宿に戻ってウェアを脱ぎ、温泉に浸かる。急な運動と寒さで固まった体が一気に解きほぐされ、言葉にならない声が出た。

窓の外に降る雪を見つめながら、なんて自由なのだろうと思う。こうやって、自由気ままに旅に出られるのは、仕事があって、周りの人たちに恵まれているからだと思った。そして、ふと、子供がいないからだとも思った。

昔に比べたら、かなり変わってきたのだろうと思うけれど、今でも「子供はどうするの？」と聞かれることがそれなりにある。もちろん悪意はないのだろうし、ちょっとした興味で聞いているのだろうと理解できる。でも、実際に聞かれると、どのくらい本気で答えたらいいのかわからなくて、なんだか困ってしまう。

実は結婚式が終わってからしばらく、子供をつくろうとしていた時期があった。まだ仕事を頑張りたい気持ちがありつつも、結婚したからには次のステップへ進まなければいけないと思い、チャレンジしていた時期があったのだ。結果的に、1年経っても自然妊娠は叶わなかった。病院に行って不妊治療を勧められた時点で初めて、「本当に子供が欲しいのか」について考えた。そして、「どちらでもいい」ではなく「どちらもいい」という結論に辿り着いた。これまで通り、自然の流れのまま生きていこうと決めたのだ。

もちろん妊娠出産にはリミットがあり、時間が経つにつれて可能性はどんどん低くなっていくことも理解している。本当に子供が欲しいのであれば、早い方がいい。それでも、この結論は変わらなかった。

子供を産み育てるという経験は、素晴らしいものだと思う。一方で、子供のいない夫婦で、いつまでも仲が良く素敵な関係性を築いている人たちもたくさん知っている。どちらの人生になっても、幸せだと思えるかどうかは、自分次第だろう。だから私は、このままでいる。そう言えるようになったのは、つい最近のことだった。

小学生の頃から、人一倍自分自身と向き合ってきたつもりだったけれど、改めて考えてみると、社会によって決められていた部分も大きいのではないかとも思う。高校生の時は受験勉強を頑張ったし、大学生の時は就職活動を頑張ったし、就職してからは仕事を覚えるために頑張った。全て自分の意志で選択したことだと思っていたけれど、知らないうちに社会に仕向けられていたのではないだろうか？

やっと仕事が楽しくなってくると、今度は「結婚は？　出産は？」と聞かれるようになる。そのあたりから、少し違和感を覚えるようになった。本当の自分の気持ちを確認するのは簡単ではない。その気持ちを人に伝えるのは、もっともっと簡単ではない。

決めているようで決められている。

流されることが大事なタイミングもあるだろう。でもやっぱり、私は自分で決めたい。そう思えることに、それができる環境にいることに、改めて幸せだなと思えた。「こうじゃないといけない」なんていうことは、実はほとんどない。幸せだと思えるなら、それだけで大正解なんだ。

自分で調べて決めた今回の宿は、大当たりだった。オープンしたばかりの新しい宿は、全ての客室に源泉掛け流しの温泉がついていて、羊蹄山が眺められる。食事も和食洋食、鉄板焼きにお寿司と、バラエティ豊かだった。

あまりに気に入ってしまったので、後日、ある雑誌でこちらの宿を推薦した。旅好きということを少しずつ知ってもらえるようになったのだろうか。10代の頃は、雑誌の編集者に憧れていた時期もあったけれど、今はそんな人たちとも仕事ができるようになった。

自分の歩いてきた道が、色々なところでつながっていく。好きなひとが好きなひとを呼び、好きなものが好きなものへ導いてくれる。フリーランスになってから、より生きている実感が強くなった。

温泉から上がると、心地よい疲労感から急な眠気に襲われて、そのまま寝てしまった。時間貧乏性な私にとって、2021年、最初で最後の昼寝だった。

太陽を追いかけて

2022年　1月　九州

天気予報をチェックしながら、次の行き先を考える。九州地域では、宮崎だけに晴れマークがついていた。それなら、とりあえず宮崎へ向かってみよう。その先はまた行ってから考えればいい。

フリーランス3年目は、必ず週2回休みを作ることにした。結局会社員時代と同じになってしまったけれど、やはり世の中に定着していることには意味があるのだ。心身のバランスを考えると、週に2日は休みが必要だと身に染みた。

そして迎えた、2022年。コロナも落ち着き始めたので、そろそろまた働き方を変えてみようと思った。自分次第でいつでもルール変更できるのが、フリーランスの醍醐味。今までは、仕事が入っていない日を休みにしてきたけれど、先に休みを決めてから、残りの日に仕事をするスタイルに変更した。会社員時代には考えられなかったような働き方だった。

仕事は大好きだし、真摯に取り組んでいるつもりだけど、そもそも私は、偉くなりたいとか立派でありたいという気持ちはほとんどなく、毎日がちゃんと楽しくないと嫌だった。だからこそ、まず楽しむことを優先して、残りの時間をやりくりして仕事をするという、なんとも贅沢な働き方に挑戦しようと思った。当然、仕事をする日は詰め込まないといけないので、よりハードになる。でも、先に休みを決めるので、旅はしやすくなった。集中する時はする、休む時は休むスタイルは、私にとって心地よいリズムになっていった。


その日は『土曜はナニする⁉』の生放送を終えて、大阪から鹿児島に入った。西に飛ぶなら、週末にまとめてしまう。移動距離が短くなるので、時間もお金も節約できる。今回は、九州で温泉に入りながら、ふらふらと旅をすることにした。

まずは鹿児島で陶芸家の住宅兼窯にお邪魔し、そこで現地の方たちと一緒に食事をした。半数以上がはじめましての人たち。どんな人にも物語があり、その話を聞いているうちにあっという間に仲良くなる。初対面の人と出会い、最初の1ページを開く瞬間が好きだ。遅くまでワインを飲みすぎてしまったけれど、なんとかホテルまで戻って爆睡した。

翌日は車を借りて、天気予報を頼りに、太陽を追いかけて移動することにした。まずは宮崎に行き、海岸線をドライブする。馬ヶ背やクルスの海展望台など、絶景スポットに立ち寄りながら北上し、延岡で1泊。餃子とビールしかメニューがない、老舗餃子店の居心地が良すぎて、長々滞在してしまった。丁寧な仕事をする、かっこいいご主人に見惚《みと》れていたら、いつの間にか時間が過ぎている。ホテルに戻る前に立ち寄った銭湯で、テレビを見ているおばちゃん同士の会話に耳を傾けた。

「今日はどんな服着てるかねぇ」

どうやら、この後登場する気象予報士のことらしい。こうやって、誰かの生活の一部になっていたことが、自分にもあったんだろうか……。明日は、全国的によく晴れるとのことだった。

翌朝目を覚ますと、真っ青な空が広がっていた。向かったのは高千穂峡。まだ空いている時間にボートを漕いで、断崖から落ちてくる滝をひとりじめした。そのまま雪の残る山を越えて、阿蘇へ抜ける。カルデラの大パノラマ！　他では見たことのない景色に感動してしまい、しばらく大観峰に立ち尽くしていた。

その後は、大分方面へ由布岳を横目に進んでいく。別府湾を見下ろすホテルに泊まることにした。ベランダから、白い煙がそこかしこで上がっているのが見える。これも、ここにしかない景色。硫黄のにおいを感じながら、暮れていく空を眺めていた。

部屋に戻って、次の連載で紹介できそうな場所や、テレビや雑誌のアンケートに書いてみたいところをメモする。翌日は福岡に行こうと思っていたけれど、結局そのまま東京へ戻ってきた。


フリーランスになって3年。自分なりに試行錯誤して、こんな旅ができるまでになった。平日を休みにした場合は毎日なにかしらの連絡が来るので、結局仕事を完全に忘れられる日はないけれど、それは全然苦ではない。仕事も遊びも、切り離さなくていい。私の場合は、つながっている方が楽だった。

旅が好き、お酒が好き、ドライブが好き……。好きなことを好きだと言っていると、それに関わるお仕事がいただけることがある。そして、その仕事を見てくれた人から、次のオファーがくるというありがたい循環が生まれた。

フリーランスになった時、世の中にある知らないことを、ひとつでも減らしたいと思った。

だからこそ、ギャラの交渉やスケジュール調整、請求書作りや納税なども、面白がってできた。社会の仕組みを知ることが、想像以上に楽しかった。

もちろんまだまだ知らないことだらけ。全てが取材という精神で、あらゆることに前向きに取り組んでいきたいと思うけれど、それだけだとこれまでと同じになってしまう。

もしかして、私はもうこの生活に飽き始めているのだろうか？

そんな思いを抱き、改めて、これまでの人生を振り返ってみた。すると、思い浮かぶのは、人の顔ばかりだった。高校時代や大学時代、社会人になってからも、年上のお兄さんお姉さんたち、つまり人生の先輩たちに、たくさん教えてもらって、与えてもらってきた。仕事も遊びも、全て誰かに導いてもらっていた。果たして私は、彼ら彼女らからもらったそれを、誰かに返せているだろうか？　これまで蓄積してきた経験やノウハウを、自分だけのものにしていていいんだろうか？

自分でも気づかなかった思いに初めて触れて、驚くと同時に、光の差す次の道が開けたような気がした。

さて、これからどう生きようか

2022年　8月　スイス

Switzerland

ついに扉が開かれた！　コロナの影響で海外渡航が難しくなって2年半。少しずつ海外旅行が解禁され始めた春頃。スイスに行こう、行くべきだと気がついた。

「夏休みには、スイスに会いに行くね」

2年前の約束を、果たしに行くのは今だと思った。


約3年ぶりの海外。航空券を押さえるのも、ホテルを予約するのも、パスポートを用意するのも本当に久しぶりで、いちいち感動してしまう。今回は、モデルの田中里奈ちゃんと一緒。学生時代に読者モデルを始めたことをきっかけに、ずっとフリーで活動をしてきて、今ではプロデュース業も忙しい彼女は、私のフリーランスのお手本でもある。とにかくポジティブでセンスがいいので、話を聞いていると勉強になるし『sana me』をローンチする時には、色々と相談に乗ってもらっていた。

チューリヒまでは16時間。ウクライナ戦争の影響で、ロシア上空を飛ぶことができないので、北回りで向かうことになる。最長時間のフライトになるので、少し億劫《おっくう》だったけれど、途中で窓からグリーンランドを眺めることができた。広大な氷の塊が、太陽に照らされて青白く光っている。考えてみれば、北極圏を飛ぶのは初めて。幸先の良いスタートが切れた。

まずはチューリヒに滞在した。トラムに乗って動物園や美術館に行って、ひと休みしようと湖の方へ向かうと、芝生の上でゴロゴロしている人がたくさん。水着になって寝転がったり、本を読んだり、ギターを弾いて歌っている人もいて、幸せな空間が広がっていた。湖で泳ぐ発想がなかったけれど、海のないスイスの人にとって、湖水浴は夏の定番らしい。羨ましくなって、急いでホテルに戻って水着に着替え、透明な湖に恐る恐る入ってみた。最初は冷たく感じるけれど、慣れてくるとだんだん心地よくなってくる。白鳥もすぐ近くを泳いでいて、キラキラと木漏れ日に照らされると、まるで絵画の世界に入りこんだ気分だった。

翌日は鉄道に乗ってベルンへ移動した。トラベルパスを買っておけば、国内の電車は乗り放題。改札がないので楽だし、時刻表もわかりやすくて快適だった。中世の面影をとどめる首都ベルンは、旧市街の石造りの町並み全体が世界遺産に登録されている。鐘の音が鳴り響く街を歩き回った。高台から周りを眺めると、すぐそばに大きな川が流れている。ここでも、防水バッグに荷物を入れて泳いでいる人たちがたくさんいた。

そして、いよいよ待ち合わせのローザンヌへ。ローマ時代から栄えた歴史を誇るリゾート地は、明るく開放的な雰囲気だった。ここで、テレビ朝日時代の後輩で、今はUNHCR・国連難民高等弁務官事務所の職員として働いている、青山愛と会うことになっていた。

ホテルの廊下で、思わず歓声を上げて抱き合った。黒髪のロングヘアに青いワンピース姿の彼女は、相変わらず華奢。でも、意志の強さを感じて、まさに欧州で働くアジア女性という雰囲気。すごく大人っぽくなったような気がした。

愛ちゃんは今、ウクライナで人道支援にあたっている。束の間の休暇を、一緒に過ごせることになった。

まずはクルージングをしようと、フェリー乗り場へ向かった。次に出港する船の目的地は、エビアン。思いがけずフランスに行くことが決まった。青く透き通ったレマン湖を眺めながら、デッキで近況報告していると、あっという間に対岸に着いた。特に目的があったわけではないけれど、日本でもよく口にするエビアンの源泉を飲んで、メイン通りをフラフラした後、湖の目の前にある売店でお茶をした。

2時間後、ローザンヌに戻ってきた。水着に着替えて、今度は足漕ぎボートを借りる。しばらく進んだ後、そのまま湖に飛び込んだ。水が冷たくて、一瞬全身がビクッと震える。頭のてっぺんまで水に浸けて、大の字になって浮いてみると、青い空と白い雲だけが見えた。

すぐそばで、大きな歓声が上がった。若者のグループの中の誰かが、派手にダイブしたようだ。大きめのボートに5～6人が乗っていて、皆でシャンパンを飲みながらはしゃいでいた。とんでもなく平和だった。

ここから飛行機でたった3時間しか離れていないウクライナでは、市民への攻撃が続いているなんて、嘘みたいだ。特にこれからの季節は寒さが厳しく、冬には氷点下まで冷え込むところも多いので、家を失くしてしまった人や、壊れた家に住んでいる人たちに対する支援が、とても大事になるという。愛ちゃんは淡々と話すけれど、支援する側にとってもそれだけ厳しい冬になる。

夕方にはラヴォー地区に移動して、ディナーをした。いつの間にかフランス語も喋れるようになっていた彼女に、オーダーは全て任せる。少しずつオレンジ色に染まっていく葡萄畑を眺めながら、懐かしい話で盛り上がった。一緒に『報道ステーション』に出ていた頃の私たちが、今の私たちを見たら驚くだろう。

楽しい時間は流れるように過ぎて、とうとう愛ちゃんとの別れの時が来てしまった。どちらからともなく笑顔でハグをする。やっぱり彼女の肩は細かった。ウクライナ支援のために、彼女はこの小さな体で、厳しい寒さが迫る、いまだ終息の見込みのない戦況の地へと乗り込む。心配でたまらなかった。このままスイスにいてほしいと思ってしまう。でも、彼女の決断を否定することはできない。私にできることは、目の前の彼女が無事に明日を迎えられるよう、祈ることだけなのかもしれない。

「また遊ぼうね！」

一緒に働いていた頃のような、明るくて気軽な別れだった。

翌日はふたつの湖に囲まれたリゾート地、インターラーケンに移動した。登山鉄道やゴンドラを乗り継ぎ、フィルストまで登った。空気が美味しくて、何度も深呼吸をする。初心者向けのハイキングコースを選んで進んでいくと、ほんの数時間の間に、息をのむような絶景に次々と出会った。

次の日、朝7時頃に目が覚めると、突然「今からパラグライダーしない？」と里奈ちゃんが言った。「今からコーヒー淹れるね」くらいのトーン。寝起きにいきなりどうしたのかと驚いた。聞くと、インターラーケンは、4000メートル級の山々が壁となって安定した気象条件に恵まれるため、パラグライダーに適した場所なのだという。昨日までそんな話は全く出なかったのに、朝起きてスマホで調べていたら、急に飛びたくなってしまったらしい。

なんだか面白い流れ。このまま身を任せてみようと思えた。

決意したら即、行動。慌てて準備をして近くのカウンターに飛び込んだ。簡単な説明を受けながらバスで山を上り、目的地に着くと、淡々とパイロットが準備を進めていく。

「とにかく必死に走って！」

言われるがままに丘を走ると、気づいたら、もう宙に浮いていた。ちょうど昇ってきたばかりの太陽に向かって飛んでいく。心を無にして、その光を受け止めた。聞こえるのは、風を切る音だけだった。恐怖はなかった。体を覆うものは何もないのに、なぜか安心感に包まれる。

こんな世界があったなんて……。


出発してからたった1時間半でホテルに戻ることができたので、ゆっくり朝ご飯を食べながら、今日は何をしようかと考えた。予定は立てすぎない方がいい。目的地を決めすぎると、ただのスタンプラリーになってしまう。今この瞬間の気分で、進めばいいんだ。

「さて、これからどう生きようか」

これまでの道のりを振り返っても、私は数年ごとに新しいことに挑戦してきた。知らないことをひとつでもなくしたい。自分の中にこびりついた常識を壊していきたい。だとしたら、次はどうする？


最後の日、チューリリヒの空港へ向かっていると、あるメッセージが届いた。

「夏が終わりますね。久しぶりに宇賀さんにお会いしたいのですが、お時間いただけますか？」

また新しい私が始まる予感がした。

旅のおわりに

恥ずかしながら、改めてこれまでのことを振り返ってみると、普段十分に使えていない様々な力が、旅によって鍛えられてきたのだと気がつきました。

まずは直感力。知らない街にいると、この店はなんだか怪しいとか、この人なら信じて大丈夫などと、自分の感覚で判断するしかなくなりますよね。もちろん今はインターネットがあるので、安心安全な情報を事前に調べておくこともできますが、便利すぎるからこそ、視野を狭められているとも思うんです。それに、同じようなコミュニティーの友達のSNSや、閲覧履歴を追いかけてくる広告ばかり見ていると、知らず知らずのうちに、自分の本当の気持ちを見失っているような気もします。だから私の旅のモットーは、あえて情報を持ちすぎないこと。

旅にはハプニングやトラブルも付き物ですね。旅先で何度もアクシデントに出くわしているうちに、大げさにとらえない、いわば鈍感力が身につきました。そのせいか、「日々起きるほとんどのことは、大したことではない。本当に必要なものは、決して多くはない。生きているだけでオッケー！」という感覚になれたんです。

また、どちらの道を選ぶべきかの決断力。旅先では限られた時間の中で、何をするか選択しますよね。日常生活も同じで、何かを選ぶ時には、何かを捨てることになる。でも、どちらにしたって、その時間を楽しめるかは結局、自分次第！　これはフリーランスとして仕事をする上でも非常に重要な考え方で、一度決断した後にウジウジすることがなくなりました。

そして、全く違う価値観を持つ人たちと触れ合うことで、視点が増えて許容力も身につきました。「あなたも私も、皆違って皆素晴らしい！」そう考えられるようになると、小さなことでイライラしなくなりました。

エイッと飛び込む行動力や、一日中動き回る体力もそうです。鈍った心と体を解き放って、本来の自分に戻るような感覚。

きっと、旅は人間力を磨いてくれるのだと思います。

とはいえ、こんなに旅を重ねていても、私はまだ、世界のことを何も知りません。いえ、自分のことも、どのくらい知っているのかわかりません。もしかしたら、本当の秘境は、自分の中にあるのかも……なんて。わからないから知りたい。だからこそ、次はどこへ行こうかと、あてどもない旅を繰り返しているのだと思います。

こうして旅を続けていれば、この本を手にとって一緒に旅をしてくださったあなたと、どこかでお会いすることがあるかもしれませんね。その時はぜひ、あなたの旅の話を聞かせてください。

私は今もまだ、旅の途中です。

さて、次はどこに行きましょうか。

2023年2月

宇賀なつみ

【衣装協力】
〈白コーデ〉
トップス￥17,600（ストラ）、サロペット￥35,200（ルーニィ）、イヤーカフ￥19,800（ヴァンドームブティック／ヴァンドームブティック 伊勢丹新宿店）、リング￥27,500（ヴァンドーム青山／ヴァンドーム青山本店）、ローファー￥19,800（F by WELLFIT ／ダイアナ 銀座本店）

〈ラベンダーセットアップ〉
ブラウス￥22,000、スカート￥28,600（ともにルーニィ）、イヤリング￥11,000、リング￥33,000（ともにマナローザジュエル／マナローザ）、ブーツ￥26,400（ダイアナ／ダイアナ 銀座本店）

〈柄ワンピース〉
ワンピース￥64,900（マレーラ）

問い合わせ先
ヴァンドーム青山本店　03-3409-2355
ヴァンドームブティック 伊勢丹新宿店　03-3351-3521
ストラ　03-4578-3431
ダイアナ 銀座本店　03-3573-4005
マナローザジュエル　011-251-6386
マレーラ　03-3470-8233
ルーニィ　03-4578-3466

【ロケ地協力】
銭洗弁財天宇賀福神社／明月院／ミルクホール／お浄めミュージアム 鎌倉／鎌倉・文具と雑貨の店 コトリ

※価格、問い合わせ先の電話番号は2023年2月時点のものです。

装丁・デザイン　山本知香子／アシスタント：小林幸乃（山本デザイン）
取材・構成協力　安井桃子
撮影　菊地泰久／アシスタント：イ・ナラ（vale.）
スタイリング　近藤和貴子／アシスタント：柴田真帆
ヘアメイク　秋山 瞳

宇賀なつみ（うがなつみ）

1986年東京都練馬区生まれ。2009年立教大学社会学部を卒業し、テレビ朝日入社。入社当日に『報道ステーション』気象キャスターとしてデビューする。その後、同番組スポーツキャスターとして、トップアスリートへのインタビューやスポーツ中継等を務めた後、『グッド！モーニング』『羽鳥慎一モーニングショー』等、情報・バラエティ番組を幅広く担当。2019年に同局を退社しフリーランスになる。現在は、『土曜はナニする!?』（関西テレビ）、『池上彰のニュースそうだったのか!!』（テレビ朝日）、『日本郵便 SUNDAY'S POST』（TOKYO FM）、『テンカイズ』（TBSラジオ）等、テレビ・ラジオを中心に活躍中。

じゆうがたび

2023年2月20日　第1刷発行
2023年3月10日　第2刷発行

著　者　宇賀なつみ
発行人　見城 徹
編集人　森下康樹
編集者　山口奈緒子

発行所　株式会社 幻冬舎
〒151-0051 東京都渋谷区千駄ヶ谷4-9-7
電話：03(5411)6211(編集)
03(5411)6222(営業)
公式HP：https://www.gentosha.co.jp/

印刷・製本所　中央精版印刷株式会社

検印廃止

ISBN978-4-344-04041-0　C0095

コトリ

コトリ

また来ます。
コトリさんに着いたら、晴れてきました！
素敵なお店ですね。また来ます。
なつみ